Nichos de Paz

Nichos de Paz

Por

Iván Moncada

Abre los ojos y mira al frente, ¿qué ves?

Si sólo usas los ojos para mirar, no verás más que los meros reflejos del mundo material que hemos creado.

La leyenda de la Cuesta de los Ciegos cuenta que San Francisco, en su ruta hacia el Camino de Santiago, pasó por Madrid en el año mil doscientos catorce. Tanto le gustó el paisaje de esta colina, que construyó una pequeña y humilde cabaña en el lugar donde hoy está la gran iglesia de San Francisco el Grande. Un día, fue a entregar unos peces al prior del Convento de San Martín y, a cambio, le entregaron una ánfora con aceite. A la vuelta hacia su cabaña, pasó por esta cuesta donde dos mendigos ciegos le pidieron limosna, entonces, San Francisco, mojó sus dedos con el aceite que llevaba y untó los ojos de los ciegos, que milagrosamente recuperaron la vista.

No permanezcas ciego por más tiempo esperando a que alguien te abra los ojos y te devuelva la vista, ve más allá y disfruta de la verdadera visión de la vida. Si en tu futuro sale un naipe cabeza abajo, puede que tu destino ya esté escrito, y con él tu final. ¡No pierdas tiempo y vive!

Iván Moncada

1

¿Lo habéis notado? Ese silencio. Esa tranquilidad. El estar en medio de una gran ciudad como es Madrid y no oír nada. Ese es el efecto que en mí surten los cementerios. En sí, no me gustan. ¿A quién le pueden gustar los cementerios? Pero por desgracia, las pocas veces que he tenido que venir a uno, especialmente a éste de Carabanchel, he tenido esa sensación. De no ser por lo que es, sería un sitio ideal para vivir.

La zona que más me agrada es la que se encuentra pegada a la carretera de Toledo, por la entrada de Ildefonso González. Jardines muy cuidados, con espléndidos y frondosos árboles sobre el verde y segado manto de césped; hileras de nichos orientados con el aparente gusto de un paisajista; bancos alejados unos de otros para preservar los pensamientos y oraciones de aquellos que acuden a visitar a sus difuntos; y ese especial canto de los indiferentes pájaros sumados al murmuro del vaivén de las copas de los árboles en los días ligeramente ventosos y amenazantes de tormenta como el de hoy.

No soy una persona a la que le gusten demasiado las reuniones familiares, pero aquí estamos nuevamente. Ya no hay más bodas que esperar en la familia, por lo que, es lo que toca. Casi todos vamos de riguroso negro. Yo en especial con un traje nuevo el cual creo que me sienta muy bien. Mi mujer, sin embargo, se ha puesto el mismo traje que ha usado las dos últimas veces. Una para el entierro de su tía Lourdes, y la otra para el de la abuela Amalia, quien duró la friolera de ciento tres años.

Eso de los sermones no es que me vaya mucho, por lo que he decidido alejarme un poco del grupo para fumarme un cigarrillo mientras el cura hace su trabajo. Mi mujer ya nos representa bastante bien a los dos, aunque últimamente no hacemos más que discutir, ya no recuerdo ni el porqué. Pero qué le vamos a hacer, veinte años de casados es lo que tiene. Además, hoy está especialmente lacrimógena, y es algo que me ofusca, y mi hija Laura, quien me serena en momentos como este, no ha venido. ¡Qué morro tiene!

A unos metros hay un banco, frente a nuestros coches, caóticamente aparcados, y decido sentarme para cerrar los ojos y disfrutar por un minuto de esa sensación que antes os comentaba. Extraño ¿no? Pero no me juzguéis, hay gente más rara que yo. De hecho tengo varios compañeros de trabajo que me superan ampliamente. Ah, no os lo he dicho, perdonad, mi nombre es Julio y soy policía, policía judicial. Y no os podéis imaginar la de gente rara que conozco, tanto dentro como fuera del cuerpo.

Acababa de conocer a Irene, mi mujer, justo cuando salí de la academia de la policía nacional de Ávila. Podría haber elegido cualquier puesto, pero decidí meterme a la judicial por voluntad propia. Siempre me ha gustado la acción, perseguir a los malos, hacer vigilancias, irrumpir en las casas de los malhechores para detenerlos…, ya sabéis, trabajo de campo puro y duro. Nunca me han gustado las oficinas, y como dice mi jefe, "tú has nacido para esto". Supongo que lo dice porque soy un tipo bastante corpulento, de casi metro noventa, estoy en buena forma y tengo cara de tío duro, aunque también tengo mi parte tierna y mi pequeño corazoncito, el mismo que mi mujer se empecina en mantener angustiado, como hoy. Pero no siempre nuestra relación ha sido así, dejadme que os cuente algo más sobre nosotros.

El día que conocí a Irene era un martes, exactamente el martes ocho de junio de mil novecientos noventa y tres. Dos compañeros y yo habíamos terminado de hacer una troncha a un conocido butronero, o vigilancia si lo preferís, pues andábamos detrás de él para pillarle en plena faena y que no se nos escapase, y tras ser relevados por otros compañeros, fuimos a tomar algo al barrio, en Vistalegre.

Directamente fuimos a la Taberna de Antonio Sánchez, donde Carlos, uno de mis dos compañeros, había quedado con una chica con la que había empezado a salir. Mario y yo no teníamos novia, y Carlos nos dijo que su chica iría con dos amigas para que las conociésemos. El plan prometía, aunque no era la primera vez que una quedada con las amigas de la novia de algún amigo salía mal. Pero ¿por qué no intentarlo?

Recuerdo perfectamente cuando Lola, la novia de Carlos, entró en la taberna con sus amigas. Hasta entonces, siempre había pensado que aquello del amor a primera vista eran memeces,

11

Iván Moncada

pero cuando los ojos de Irene y los míos se encontraron, sentí que me faltaba la respiración. Nunca antes me había pasado algo parecido, era como una fuerte presión en el pecho, como sentir angustia, casi como la que siento hoy, aunque el motivo sea completamente distinto.

Su largo y ondulado pelo rubio cubría parte de su cara ocultando un rostro increíblemente bello con sinuosas y atractivas facciones acentuadas aún más por sus verdosos y casi felinos ojos. Nunca había visto o hubiera imaginado a una criatura que me pudiese cautivar de aquella manera. En cuanto se hicieron las correspondientes presentaciones Irene y yo entablamos conversación. Las palabras salían solas, creo que desde el primer momento yo la gusté tanto a ella como ella a mí. Después unas cuantas cervezas, risas y amena conversación, salimos a la calle para pasear un rato. Recuerdo que por aquel entonces "La Chata", nombre por el que se conocía a la plaza de toros de Vistalegre, estaba abandonada y casi derruida, algo que afeaba y restaba caché al barrio. Aun así, aquella noche fue mágica para ambos y todo a nuestro alrededor era hermoso y especial. Casi sin darme cuenta me hallé acompañándola a casa, vivía cerca, en la calle de la Oca, y cuando finalmente nos despedimos bajo el soportal de su edificio, nos besamos. Un beso que no olvidaré nunca. Un beso frugal, pero con la complicidad de dos amantes que se hubieran jurado amor eterno.

Desde entonces, a cada momento que podíamos quedábamos y pronto nuestra relación se formalizó y consumó. Éramos tremendamente felices, y casi dos años después, el tres

12

de junio de mil novecientos noventa y cinco, contrajimos matrimonio. Nuestra vida era perfecta, pero cumpliendo con los cánones sociales de la época, al año, el doce de mayo del noventa y seis, nuestra hija Laura nació, lo que nos hizo sentirnos muy dichosos. Todo iba como la seda. Yo tenía un buen sueldo e Irene era una espléndida ama de casa, madre y esposa. Supongo que fui yo quien primero empezó a cambiar. Siempre es el hombre ¿no?, o eso dicen ellas.

Nichos de Paz

Iván Moncada

2

No mucho tiempo después de tener a nuestra hija me nombraron subinspector, Laura tenía cuatro añitos y mis responsabilidades habían aumentado drásticamente, y con ello mi falta de tiempo personal. Es entonces cuando me topé con "Los Cruz", un clan gitano que comenzaba a hacerse hueco en la delincuencia organizada de Madrid y de quienes yo me debía hacer cargo. Su especialidad eran las joyerías y estancos, y eran buenos, realmente buenos los cabrones. No irrumpían a lo bestia como muchos otros yonkies y cabezas huecas que andaban por ahí. Estos hacían vigilancia y estudiaban sus objetivos. E incluso hacían saltar la alarma de algún establecimiento cercano para cronometrar nuestra respuesta.

En alguna ocasión detuvimos a algunos de sus miembros, aunque solamente se les pudo imputar cargos por apropiación indebida, pero suficiente para hacer un organigrama de su familia. El jefe se llamaba Juan Cruz, más conocido como El Perdiz, a quien acompañaba su mujer María; sus cuatro hijos varones, Ramón, Juan, Pedro y Jaime; sus tres hijas María, Nerea y Soraya; y una infinidad de primos y hermanos. Pero quienes más me preocupaban eran el tal Jaime, hijo pequeño del Perdiz, y Alfonso, uno de sus sobrinos. Más conocidos como El Jaime y El Fonso,

15

quienes demostraban una agresividad y crueldad fuera de lo común, especialmente para su edad, diecisiete y dieciséis años respectivamente.

Es curioso, pero estar aquí sentado con los ojos cerrados y la paz que me rodea hace que los recuerdos afloren. De hecho ahora mismo me viene la primera gran discusión con Irene. Era sábado por la tarde, y acabábamos de recibir un aviso de comisaría. Habían encontrado un cadáver en el barrio de Las Vistillas, en La Cuesta de los Ciegos. Cuando llegué los compañeros ya habían acordonado la zona. El cadáver era de un varón joven de unos veinte años, complexión media, sobre uno ochenta de altura, y presentaba dos heridas de arma blanca en el abdomen y una en el lado izquierdo del tórax. Seguramente la que le quitó la vida. La víctima no llevaba ninguna identificación. No tenía cartera ni ningún otro objeto en los bolsillos, además de faltarle el reloj en la muñeca izquierda, donde claramente se veía la marca de haberlo llevado siempre. Sin duda parecía un robo con agresión con fatídico final. Media hora más tarde llegó el forense y comenzó con la pesquisa, haciendo fotos, tomando huellas y recogiendo restos biológicos. El juez de guardia no se hizo esperar mucho, por lo que no llevaría demasiado hacer el levantamiento del cadáver para que lo trasladasen al anatómico forense. "En una hora más aproximadamente podremos irnos", pensé, ya que no había cámaras en la zona y nadie parecía haber visto u oído nada. Pero entonces me percaté de algo. Justo cuando miré hacia los balcones del edificio que se erguía a mi espalda vi como una cortina se movía, alguien estaba mirando.

Enseguida, junto con un compañero, accedimos al edificio e identificamos la casa a la que pertenecía el balcón. Tuvimos que llamar insistentemente y alzar la voz con un "¡Abra, Policía!" pero finalmente la puerta se abrió.

—¿Sí? —preguntó una mujer mayor, con la cadena de seguridad echada.

—Soy Julio Velázquez, subinspector de la Policía Nacional ¿puedo pasar y hacerle unas preguntas? No la molestaré más de dos minutos.

—Ya le dije antes al otro chico que no he visto nada.

—lo sé, lo sé, pero es solo para asegurarnos, necesitamos mirar un momento desde su ventana, créame, es de vital importancia.

Dubitativa, recelosa, y mirando de reojo a mi compañero, quien estaba detrás de mí, dijo —Está bien, pero pase usted solo. Para mirar por la ventana no creo que hagan falta dos.

—Por supuesto, faltaría más —la respondí sonriendo, mientras la decrépita vieja de pelo estropajoso cerró para quitar la cadena de la puerta y dejarme pasar —. Espere abajo, García, ya me ocupo yo —le dije al compañero.

Nada más abrir la puerta recuerdo que lo primero que me vino fue un fuerte olor a algo parecido a incienso mezclado con ese extraño olor que desprenden las casas de la gente mayor. Entonces pude ver a la anciana de cuerpo entero, y fue algo que me dejó un tanto perplejo, pues vestía una especie de túnica oscura con bordados de animales y símbolos y tenía las uñas largas y pintadas de color negro.

—Pase —se echó a un lado indicándome con la mano hacia el salón sin despegar los ojos de los míos ni parpadear una sola vez.

—Gracias, no tardaré nada —la dije mientras entraba y observaba su hogar entre la sorpresa y la conmoción, pues las paredes parecían las de una tienda de antigüedades repletas de objetos un tanto macabros con aparentes tintes esotéricos, y en el salón, desde cuya ventana la vieja había estado mirando y podría asegurar que hubo visto más de lo contaba, había una gran alfombra cubriendo el suelo con una gran mesa y dos sillas sobre ella.

No pude evitar pararme y echar un vistazo a lo que había sobre la mesa. Era un mazo de cartas, mucho más grandes que los típicos naipes, y dos velas negras, una a cada lado de la mesa. Instintivamente me giré y la miré para ver qué me decía tras haber visto su "espectáculo" con el que de seguro se dedicaba a sacarle la pasta a la gente. Estaba detrás de mí, aunque parecía guardar las distancias con recelo, y por primera vez la vi parpadear desde que entré en su casa. Me daba grima, mucha grima.

—Soy vidente, leo el futuro a través de las cartas.

Iván Moncada

—Ajá, ya veo —le respondí mientras me dirigí hasta la ventana y aparté ligeramente la cortina viendo a mis compañeros en la calle.

—Usted no cree, ¿verdad? —me preguntó.

—Para serle sincero, no, no creo en esas cosas, solo creo en lo que veo. Como lo de ahí abajo, ¿ve? —Separé aún más la cortina, notando entonces cómo se alejaba más de mí y de la ventana —, y al igual que antes vi cómo nos observaba, sé que ha visto lo que ha pasado —solté la cortina y me giré hacia ella —. Por favor, cuénteme qué ha visto, sé que estaba mirando, varios vecinos me han dicho que siempre está mirando por la ventana —me inventé.

Nerviosa ante mi farol, la mujer se apresuró a sentarse a la mesa y comenzó a poner cartas boca arriba mirándome de vez en cuando, supongo que consultando con sus espíritus y esas cosas para saber si debía decírmelo o no. De repente se paró, sin dejar de mirar las cartas y ladeando la cabeza, para después levantar la mirada hacia mí.

—Le contaré lo que he visto si me permite echarle las cartas.

Sentada a la mesa, con las cartas esparcidas y las dos velas que estaba encendiendo, reconozco que me acojoné un poco a pesar de no creer en aquellas cosas, pero mirándola más detenidamente vi lo obvio, era una anciana, solo una anciana con mucho tiempo e ingenio para engañar a incautos y creyentes del

19

más allá, y lo que vislumbré fue una buena oportunidad para averiguar lo que deseaba. Así que me senté.

La anciana recogió el mazo de cartas y me lo dio —Barajéelas.

—¿Cómo lo hacemos? —pregunté, pues vi que el show había comenzado.

—Por cada pregunta que me haga, yo echaré una carta y le responderé.

—De acuerdo —respondí dispuesto a seguirle el juego —. ¿Estaba mirando cuando han agredido y asesinado a ese chico?

Pausadamente cogió una carta del mazo que perfectamente había colocado entre las dos velas y la puso boca arriba. Era el Doce de Oros.

—Veo que puedo confiar en usted. Y sí, he visto como un chico le robaba al otro. Éste no quería darle sus cosas y el otro sacó un cuchillo y se pelearon.

—¿Ha podido verle la cara?, ¿podría describirlo?

Nuevamente otra carta, el diablo. La carta salió invertida y así la dejó —No, no he podido verles bien la cara. Ya soy muy mayor y la vista me falla. Solo puedo decirle que el del cuchillo parecía gitano, era de piel oscura.

Iván Moncada

—¿Podría decirme si era gordo o delgado, alto o bajo, pelo corto o largo…?

Cogió otra carta, esta vez era el Dos de Oros —Parecía delgado, tan alto y joven como el otro, el pelo corto y negro, y creo que vestía ropa de deporte, un chándal rojo. O eso me ha parecido. Es lo más que le puedo decir. Todo ha sucedido muy deprisa y enseguida se ha ido corriendo.

—Comprendo —le respondí mientras asentía con la cabeza dispuesto a levantarme, pues no creía que fuese a sacar mucha más información y lo más conveniente era dar aviso para que buscasen por la zona a alguien con aquella descripción.

—Por favor no se vaya, déjeme que vea qué le depara el destino, no tardaré ni un minuto, se lo prometo —me dijo.

Pero yo, escéptico, negué levemente con la cabeza y sonreí.

—Me lo debe, he respondido a sus preguntas. Sea amable con esta anciana —sonreía, pareciendo menos oscura y más afable.

—Está bien, dese prisa por favor —me acomodé de nuevo en la silla.

Como si el viento se la hubiese llevado, la sonrisa de aquella mujer desapareció y nuevamente una tétrica mirada ocupó su lugar —Diga su nombre y apellidos en voz alta, por favor.

Iván Moncada

—Julio Velázquez Camino —dije en voz alta como me pidió, impaciente por irme.

Entonces, pasó las manos por encima del mazo y comenzó a sacar cartas colocándolas de izquierda a derecha y de arriba abajo mientras las nombraba y daba su significado en voz alta.

—*La Torre*, su vida va a cambiar más de lo que pueda imaginar; el *As de Espadas*, llevará a buen término aquello que anhela, más al desastre le llevará; el *Cinco de Copas*, una desgracia inesperada irrumpirá en su vida, algo que de seguro le hundirá; la *Muerte invertida*, veo una ruptura sentimental o una enfermedad incurable, una esperanza deshecha, tenga especial cuidado con eso; *El Loco invertido*, en algún momento llegará a perder la cordura, manténgase fuerte y no sucumba a sus impulsos; y finalmente, *La Estrella*, la cual indica claridad de visión e inspiración, encontrará la solución a sus problemas, no pierda la esperanza.

—Bien, ¿ya está? —pregunté tras su silencio.

—Sí, mi querido subinspector. No tome a la ligera lo que las cartas han dicho, pues de mis palabras se acordará algún día.

—De acuerdo —sonreí y me levanté —, muchas gracias por contarme lo que ha visto desde su ventana. Si necesito alguna aclaración vendré nuevamente a visitarla —me dirigí hacia la salida.

—Siempre que lo desee —se despidió de mí.

Salí de la casa y me dirigí al coche, donde cogí la radio e informé sobre la descripción del presunto homicida. El cadáver ya había sido retirado y decidí unirme a la búsqueda por si tuviésemos la suerte de que aquel malnacido todavía estuviese por la zona, por lo que, entre unas cosas y otras, acabé en casa casi a las once de la noche. Y la verdad, para que voy a mentir, para nada me había dado cuenta o acordado de que aquel día era tres de junio. Es decir, nuestro aniversario de boda. Os podéis imaginar, la mesa estaba puesta con lo que parecía una deliciosa cena ya fría, un paquete perfectamente envuelto con un bonito lazo rojo, la niña durmiendo, e Irene de brazos cruzados sentada en el sofá, esperando a que yo llegase o diese señales de vida.

Lo primero que hice fue llevarme las manos a la cabeza y decir "lo siento", pero de nada me sirvió. Ella sabía perfectamente que desde que me ascendieron a subinspector tendría menos tiempo y estaría ilocalizable la mayor parte del tiempo, pero enseguida comenzó a recriminarme cuanto recordaba, sobre todo el anteponer el trabajo a la familia, alzando la voz, gritando mejor dicho, y haciendo que todos los vecinos se enterasen de mi fatal despiste. Recuerdo que el enfado le duró varias semanas.

—¡Vaya! —me digo a mi mismo abriendo los ojos, pues me olía a quemado y no sabía qué era. Es el cura, ahora está con el incensario, esparciendo humo entre los presentes al entierro. Otra cosa que no me gusta y me ahorro estando aquí sentado. De

23

hecho veo a mi primo Francisco girándose hacia atrás y mirándome, evitando que el humo se le meta en los ojos, que por cierto los tiene rojos —¿Ha estado llorando? — me digo, pues creo que es la primera vez que le veo llorar en un entierro.

3

Dos meses más tarde tuve nuevamente contacto con Los Cruz. La verdad es que me sorprendió bastante, pues estaba en mi despacho cuando un oficial entró reclamándome.

—Señor, abajo hay un individuo que nos pide protección. Dice que le quieren matar.

—¿Cómo? —pregunté, pues para los casos de maltrato y acoso disponemos de un procedimiento en el cual yo no suelo estar directamente involucrado, hay oficiales en comisaría para eso.

—Es uno de Los Cruz —me dijo, captando toda mi atención.

—llevadlo a la sala de interrogatorios, enseguida bajo.

Por un momento pensé que podíamos tener mucha suerte si aquello era cierto, pues si un Cruz hubiese sido amenazado de muerte la familia hubiera tomado rápidamente represalias y hubieran zanjado el asunto, pero si estaba allí, era porque seguramente sería otro Cruz quien le había amenazado y sabía que nadie le podía ayudar, y algo sacaríamos a cambio.

Sin vacilar demasiado me dispuse para ver qué podía averiguar del clan, pero primero saqué del cajón un paracetamol y me lo tragué, todo el día enterrado entre declaraciones e informes me habían dejado aturdido. Aquella tarde la comisaría parecía un hervidero, eran las ocho de la tarde y en la planta baja la gente se hacinaba para interponer denuncias, mayormente por robos, peleas, amenazas, y un sinfín de causas a las que ya estábamos acostumbrados allí, en Villa de Vallecas. Pasando entre las mesas de los compañeros me dirigí a las salas de detención, y tras estas, a las de interrogatorio.

—¿Qué es lo que ha dicho exactamente? —le pregunté al oficial que esperaba en la puerta.

—Habrá llegado hace unos cinco minutos. Parecía haber venido corriendo, estaba sudoroso y jadeante, y con la voz entrecortada nos pedía ayuda, que por favor le protegiésemos, que le querían matar.

—¿Ha dicho quién le quiere matar?

—No.

—De acuerdo, ya me encargo yo, pase a la sala contigua y active la cámara —le pedí al oficial, para seguidamente abrir la puerta y acceder a la sala.

Nada más entrar me quedé algo sorprendido, pues pensé que sería alguno de los más jóvenes del clan, ya que era harto habitual que entre ellos hubiera disputas. Pero no, el nombre de la persona que estaba allí sentada era Juan Carlos Cruz, primo hermano del Perdiz, de treinta y ocho años, si mal no recordaba de su ficha.

—Si me han informado bien, dice que le quieren matar —le dije mientras me acercaba a la mesa y me sentaba al lado opuesto —, ¿es eso cierto?

Compungido, agachó la cabeza y me respondió, pues sabía quién era yo y que le conocía perfectamente —Sí.

—¿Quién?

Levantó y bajó la vista un par de veces acompañado de un leve movimiento de hombros antes de responder con su característico acento gitano—La familia… todos.

—¿Y por qué te quieren matar?, ¿Qué has hecho? Y no me jodas diciéndome que nada o te echo de aquí a patadas —alcé la voz y le miré desafiante.

Balbuceando y casi entre sollozos, como si de un crío se tratase, me relató el porqué de su desventura. Él era el encargado de recoger la recaudación de los puestos de droga de la zona sureste de Madrid, en las Barranquillas, y dos semanas atrás se enteró de una timba importante en la que se jugaba fuerte, algo que no pudo evitar el muy imbécil, gastándose lo recaudado. Todos los jugadores eran de su misma calaña o peores, sobre todo un polaco al que conocíamos llamado Yanis y un italiano llamado Nicola, gente a la que era mejor no acercarse, y para más inri, intentó recuperar el dinero acudiendo de nuevo a otra partida.

Por norma general la familia le hubiese ayudado, se hubiesen tomado el que hubiese perdido a las cartas como un robo a su clan por parte de aquellos extranjeros y hubieran ido a recuperar su dinero. Pero aquellos extranjeros no eran cualquier idiota al que mangonear, tenían más dinero y mejores armas que ellos. Así que Los Cruz habían decidido acabar con el problema de raíz.

—¿Cuánto has perdido?

—No mucho... cincuenta mil euros de ná —respondió casi molesto, pues aquello no era nada para el volumen de dinero que semanalmente movían con la droga, y algo que Los Cruz hubiesen recuperado en un santiamén.

—¿Qué me das a cambio de nuestra ayuda? —le pregunté, observando cómo su semblante pasaba de víctima a verdugo.

—No tengo ná pá darte payo, he venío pá que me ayudéis, sois la policía —se molestó y exigió.

—No voy a hacer una puta mierda por ti, de hecho me estoy planteando llamar a alguno de tus familiares para decirles que estás aquí, largándolo todo sobre ellos. Entonces sí que te puedes dar por muerto.

—No payo, no hagas eso —respondió a mis palabras comenzando a llorar, el muy mierda.

—La verdad, esta charla me está resultando bastante soporífera, así que me voy a tomar un café y te dejo aquí pensando si nos vas a dar algo a cambio de nuestra ayuda o no. Si lo haces, teniendo en cuenta tus antecedentes, te acusaremos y moveré los hilos para que acabes en una cárcel lejos de aquí, donde nadie te conozca o te pueda relacionar con tu familia y puedas vivir algunos años más. Quizás cuando salgas ya nadie se acuerde de ti. Quién sabe. Si no, saldrás de esta comisaría por la puerta, tal y como has entrado, y que Dios se apiade de tu alma —mis palabras no hicieron más que incrementar su llanto y salí de la sala.

Directamente fui a mi despacho y cogí el teléfono, pues estaba seguro de que nos iba a ayudar, no tenía otra salida, por lo que hice una llamada al inspector pidiendo que solicitase al juez una autorización urgente para una redada, una redada como nunca se había visto en las Barranquillas. Si no me equivocaba iba a ceder, y si nos decía en qué puntos estaban escondidos los vigías del poblado, en donde había al menos ocho clanes conocidos, podríamos neutralizarlos y evitar que diesen "el agua" de que nos acercamos y entrar sin darles tiempo a deshacerse de la droga. Esta vez pocos serían los que se escapen.

Una hora más tarde, después de que sobre un mapa aéreo de la zona éste nos indicase donde se apostaban los vigilantes de acceso a aquel hipermercado de la droga, mi inspector y mi comisario ya habían movilizado a más de la mitad del cuerpo.

29

Iván Moncada

Íbamos a entrar. A las once en punto de la noche íbamos a tomar al asalto el mayor feudo de la droga de Madrid.

El tiempo pasaba despacio y había nervios por la operación que íbamos a llevar a cabo, siempre uno se ponía nervioso al entrar allí, aunque no fuese la primera vez. El operativo se pondría en marcha a las diez y cuarenta y cinco minutos. Mi equipo, junto con otros muchos compañeros, subimos a los furgones y nos pusimos en camino. De avanzadilla iba uno de los "K", un coche camuflado de la policía haciéndose pasar esta vez por un taxi de la droga o "Kunda", como se les conocía entre los que consumían, en el que cinco compañeros de complexión delgada, barba de dos días y vestidos de paisano, se adentrarían con la excusa de ir a comprar y activarían un potente inhibidor de señal que iba escondido en el maletero. De aquella forma evitaríamos que se pudiesen comunicar entre ellos vía móvil, aunque no podíamos evitarlo por walkie-talkie. Para eso estaban el resto de compañeros que también salieron de paisano media hora antes para ir en coche lo más cerca posible y luego acercarse por los cuatro puntos cardinales a pie, como la gran mayoría de yonkies que a aquella hora inundaban aquel barrio chabolista en busca de su dosis, y aproximarse así hasta los puntos de vigilancia indicados por el primo del Perdiz.

Todo estaba preparado, miré mi reloj y esperé a que el segundero concluyese su vuelta final. —¡Adelante! — le dije al conductor del furgón en el que iba, y que estaba a la cabeza del grupo.

Aceleramos y en menos de un minuto llegamos a nuestro destino desviándonos de la carretera y entrando por el camino del acceso norte a las Barranquillas. Aquellos zombies en peregrinación que antes fueron humanos nos veían y echaban a correr despavoridos.

— ¡¡La pasma, la pasma!! —gritaban.

Al pasar junto a la primera casa de dos plantas me fijé en la ventana superior donde vi a los compañeros de paisano esposando con bridas a los encargados de avisar de nuestra presencia, entonces paramos y nos desplegamos. Los dos helicópteros llegaban justo a tiempo, según lo acordado, y con sus potentes focos nos iban guiando para apresar a los que intentaban huir al igual que nos indicaban por dónde se movían los sujetos que parecían ir armados.

Como si fuésemos la antigua legión romana, pues era lo primero que siempre se me venía a la mente cuando íbamos vestidos con las protecciones y el casco, no parábamos de gritar —¡Policía, al suelo! —yendo de casa en casa maza en mano para derribar las puertas blindadas, escudriñando cada rincón y centrándonos en detener a los camellos y las familias gitanas que se repartían aquel jugoso negocio sin tiempo a que se deshiciesen de los ladrillos de droga sin cortar, las papelinas y los fajos de billetes que estaban por doquier.

En un determinado momento, un par de compañeros que me seguían y yo, encontramos un largo pasillo hecho con grandes agujeros en las paredes que zigzagueaban y comunicaban

31

una casa con la contigua sin aparente fin. Yo llevaba una escopeta de cartuchos reglamentaria con linterna bajo el cañón, y mis compañeros su pistola, por lo que yo iba el primero. Al otro lado de la calle se escuchaban disparos, la tensión era máxima, pues escuchábamos respuesta de los nuestros y gritos, muchos gritos, sobre todo de las gitanas, quienes demostraban más arrojo que los hombres haciéndonos frente.

Sin saber cómo, de entre toda aquella oscuridad y caos, un disparo impactó a uno de los agentes que me seguían. Instintivamente el otro agente y yo nos giramos y abrimos fuego hacia el lugar de dónde había provenido el disparo. Enfoqué con la linterna y vimos a un yonkie de tez pálida tendido en el suelo con un revolver en la mano, seguramente algún estúpido que pensó en hacer el negocio del siglo aprovechando nuestra intrusión. Mal para él, y bien por nuestro compañero, a quien le había impactado la bala en el chaleco. Gracias a Dios.

A mi derecha vi una sombra moverse, y apunté con la chata para guiar la luz. Era Alfonso Cruz, lo reconocí de inmediato, y no llevaba nada en las manos. No estaba armado. Rompí a correr sabiendo que estaba solo, pues el compañero al que acababan de disparar todavía no había recuperado la respiración por el fuerte impacto y el otro oficial se quedó socorriéndole. Saltando y esquivando escombros y todo tipo de objetos le seguí, "no se me va a escapar", pensé. Pero después de haber hecho un par de giros noté un intenso dolor en el costado izquierdo, me quedé sin respiración y me caí al suelo sin tiempo de amortiguar el golpe con las manos. No lo había ni tan siquiera escuchado,

32

con la adrenalina por las nubes y el fervor de la persecución no había escuchado el disparo. Mi escopeta había caído a un par de metros de mí, pero inmovilizado por el dolor que sentía no podía ni tan siquiera intentar alcanzarla. Desde el fondo de la oscura habitación en la que estaba vi salir a alguien de entre las sombras. No le distinguía bien. Se paró ante mí, con la escopeta de caza con la que me había disparado sobresaliendo de su turbia silueta, y pensé que era el fin. Iba a rematarme. Pero en aquel instante oí a más compañeros que acudían corriendo alertados por el disparo y éste se giró y echó a correr, no sin antes pasar por el tenue halo de luz de mi maltrecha linterna, dándome tiempo a ver su cara de perfil. Un perfil que tenía harto estudiado. El perfil de Jaime Cruz.

Nichos de Paz

Iván Moncada

4

Un atisbo de luz comenzó a sacudir mi cerebro. La imagen era borrosa, a la vez que tácitos sonidos parecían acercarse a mi oído. Tras unos segundos de conjeturas reconocí el rostro de Irene. Estaba llorando frente a mí. Con su cara muy cerca de la mía. Pero no entendía lo que decía.

Por un momento mi cerebro hizo un esfuerzo para averiguar qué estaba pasando, pero lo único que me venía a la mente eran recuerdos inconexos. Luces de colores, sirenas y gente sobre mí mirándome, y la cara de aquella vieja que leía las cartas con la que me topé hacía tiempo repitiéndome una y otra vez "el As de Espadas, es el As de Espadas…"

Poco a poco aquellos recuerdos comenzaron a tomar forma. En ellos estaba tumbado, miraba hacia los lados y por fin me daba cuenta de dónde me hallaba. Estaba en una camilla, dentro de una ambulancia. Tenía una mascarilla puesta y no lograba ver por debajo de mi cuello, pero los sanitarios tenían los guantes llenos de sangre. "Joder" pensé, "ese hijo de puta me ha dado". Apreté los ojos con fuerza y respiré hondo. Entonces de nuevo pude ver a Irene y mi vista parecía aclararse por momentos. Tardé unos largos segundos en percatarme de la situación, pero finalmente lo hice. Estaba en el hospital, tumbado en una cama, y mi mujer estaba junto a mí. Irene se secó las lágrimas y me besó en la boca.

—¿Cómo estás, cariño? —preguntó. Pero apenas pude balbucear. Debía de estar sedado. Nuevamente me quedé inconsciente.

En un segundo intento volví en mí. La cabeza me daba menos vueltas y apreté levemente la mano de Irene, quien sostenía la mía y seguro que no la había soltado ni un solo momento.

Sonrió, y pasó su otra mano por mi frente, acariciándome —¿Cómo te sientes, mi vida?

—Me duele —es lo más que alcancé a decir, hasta que después de carraspear y toser un par de veces mi garganta se aclaró y mis cuerdas vocales se ajustaron —. ¿Cuánto llevo aquí?

—Un día y medio. Te dispararon y te tuvieron que operar para sacar varios perdigones, pero dicen que estarás bien, que no han alcanzado ningún órgano vital.

Levanté la sábana, pero no vi nada. Tenía un enorme apósito que me cubría todo el flanco izquierdo. En aquel momento entró en la habitación Pedro, mi jefe.

—Vaya, pero si ya está despierto —me miró sonriendo, dirigiéndose luego a mi mujer — ¿Qué tal va todo?, ¿bien?

—Sí, gracias.

Iván Moncada

—¿A cuántos hemos cogido? —es lo primero que pregunté.

—Ay, este Julito, siempre al acecho de los malos —bromeaba —. Pues la verdad es que a muchos —cogió una silla y se sentó cerca de mí —. Al clan completo de Los Finos y Los Gatos, casi al completo el de Los Veras y Trastos, y muchos de Los Ratas y Los Cruz, además de muchos miembros sueltos de los clanes minoritarios.

—¿Ha habido más bajas? Aparte de la obvia —levanté mi ceja izquierda, es lo más que me daba la situación para bromear.

Nuevamente sonrió —La verdad es que heridos por arma de fuego solo tú y Hernández, a quien le alcanzaron en la pierna derecha. Después varios heridos de diferente consideración, costillas rotas por impactos en el chaleco, golpes y esguinces en persecuciones, ya sabes, lo de siempre. De ellos han caído ocho por fuego amigo y hemos detenido a sesenta y nueve personas además de haber incautado dos millones y medio, cuarenta kilos de estupefacientes y bastantes armas. Todo un éxito, Julio, todo un éxito. Lástima que te hayas puesto delante de esos perdigones —me dio unas palmaditas en la pierna —. ¿Te dio tiempo a ver quién fue?

—No —le respondí. Pues eso era algo que me guardaba para mí. La herida que me había dejado no fue tan solo física, algo en mi ardía por dentro, era rabia, ira, algo que había marcado mi ser para siempre. Tarde o temprano encontraría a aquel cabrón, y no sería yo el que acabase tendido en el suelo.

37

Iván Moncada

Nichos de Paz

Nuevamente hago un alto en mis recuerdos y pensamientos y miro hacia mi familia, quienes siguen alrededor del cura. No sé a quién se le ha ocurrido la genial idea de pedir una hora de misa en el cementerio, algo tan poco habitual, y encima fuera de la capilla. Menos mal que el día a pesar de estar algo nublado y amenazar tormenta no llueve y tengo el paquete de tabaco recién empezado y puedo estar aquí fumando plácidamente durante todo ese tiempo. No es que sea un fumador empedernido, pero es una costumbre que adquirí tiempo después de que me hiriesen, pues en el tiempo que tardé en recuperarme Irene y yo decidimos que lo mejor sería pedir otro destino e intentar que ascendiese, cosa que logré en dos mil cinco, trasladándome al distrito centro ya como inspector de homicidios tras los exámenes y las practicas, y después de que la expansión de los barrios periféricos engullesen las Barranquillas. No así a sus moradores, quienes se trasladaron a nuevos territorios y con los que yo tenía una cuenta personal pendiente de saldar. Supongo que salir a fumar era la excusa que yo mismo me impuse para dejar los papeles a un lado por un rato y poder despejar la cabeza los días que me tocaba trabajo de oficina, aunque no eran los más habituales. Pero así la rutina y el día a día pusieron una década más sobre nuestras espaldas haciendo que los tiempos pasados quedasen como recuerdos, recuerdos que para mí parecían ayer mismo.

Aunque hablando de recuerdos, me viene ahora a la memoria un caso que me asignaron hacía no demasiado tiempo, el cinco de agosto del dos mil quince, era un caso que rayaba entre lo macabro y lo espeluznante. Fue en pleno barrio de Salamanca, en un fantástico ático de la calle Ayala, en donde la asistenta encontró una mañana a la dueña de la vivienda ya cadáver, Doña Eulalia García Martín. La mujer tenía sesenta y cinco años, era natural de Madrid, y la hallaron con las manos atadas al reposabrazos de un butacón, mientras la cabeza lo estaba al respaldo. De sus brazos colgaban dos gomas de perfusión aún conectadas a las venas basílicas de la articulación interior del codo. Le habían drenado la sangre. Pero no había ni gota en el suelo o en cualquier otro lugar de la casa. Y lo que daba más escalofríos, los párpados superiores e inferiores se los habían pegado con celo para que no pudiese cerrar los ojos.

La mirada de aquella mujer mostraba terror. Sus ojos habían tornado traslúcidos y blanquecinos, secos de mirar fijamente a la pared que se erguía delante de ella y un inmenso vajillero tapaba, mientras su mentón se mostraba desprendido, dejando su boca abierta, la cual era negra como el carbón en su interior en comparación de la lividez de rostro y labios. A priori no había indicios de lucha o robo en la casa. Todo estaba inmaculado.

Mientras la científica hacía su trabajo me dirigí al dormitorio principal. Todo parecía normal. La decoración allí era como la del resto de la casa, muy clásica, estilo Luis XVI. Tan solo aquella habitación era tan grande como nuestro piso, "cómo le gustaría a Irene ver esta casa" pensé. Abrí una de las puertas contiguas y me encontré con el baño, un derroche de mármol digno de un césar, y al abrir la otra puerta descubrí un vestidor a rebosar de ropa y zapatos de la víctima, perfectamente ordenados.

39

Durante los minutos siguientes deambulé por la casa curioseando en busca de alguna pista que indicase lo ocurrido, pero no encontré ningún indicio de lo acaecido en absoluto, y la declaración de la doncella no aportaba nada relevante, solo sabíamos que la tarde anterior se fue a las seis en punto. Lo único que se me ocurría era que fuese un psicópata, ¿quién si no hubiera hecho algo así?

Después le pedí a mi ayudante, un oficial en prácticas para subinspector que me asignaron hacía dos semanas llamado Ulises, que llamase a comisaría para que localizasen a algún familiar de la víctima y que bajase al portal y hablase de nuevo con el portero, quien decía que se marchó el día anterior a las ocho en punto de la tarde, como de costumbre, y que nadie hubo visitado a la señora hasta entonces.

Mientras tanto Juanjo, uno de los "lupas", como les llamamos en el cuerpo a los miembros de la científica, quien tenía el desagradable cometido de examinar el cadáver, se afanaba en levantar a la señora de su sitio para tumbarla en el suelo. Pero el rigor mortis indicaba que al menos llevaba doce horas muerta y se antojaba difícil, estaba como un palo de tiesa, y me pidió ayuda. A regañadientes le eché una mano, pues éste quería esparcir polvos para huellas por el butacón. Finalmente lo logramos y, después de revisar cada centímetro del dorado armazón sin encontrar ni una sola huella, bajó las persianas del salón quedándonos casi a oscuras. Acto seguido cogió el pulverizador y comenzó a esparcir Luminol sobre la aparatosa silla

Iván Moncada

haciendo que la reacción química comenzase a brillar en las juntas de unión de la misma.

—¿Qué es? —pregunté.

—Supongo que algún agente limpiador. Lejía, desengrasante o algo de eso, es imposible que un sillón así no tenga ninguna huella. Echaré Bencidina para descartar sangre —respondió mientras se acercaba a su maletín y cogía un bastoncillo y un pequeño frasco.

Efectivamente estaba en lo cierto, no era sangre, pero alguien se había esmerado mucho en limpiarlo a conciencia. En aquel momento subió Ulises.

—Inspector, ya tengo la lista de familiares.

Me acerqué a él indicándole con la cabeza —vamos a la cocina, Juanjo tiene que estar a oscuras un rato. ¿Qué tienes?

—Solamente tiene tres familiares cercanos vivos. Uno de ellos es Belinda García Monje, prima segunda de la víctima. Vive aquí, en Madrid centro. Y los otros dos parientes son sus hijos, Javier y María del Carmen Boada García, con dirección de residencia en Torrelodones. Les hemos intentado localizar sin éxito.

—¿Y a la prima?

—Estoy en ello. Me han facilitado un teléfono desde la central, pero todavía no he podido hablar con ella.

—Sigue intentándolo, por favor.

41

En aquel momento Juanjo reclamó mi atención —Julio.

Me acerqué al salón, que todavía estaba sumido en la penumbra, y Juanjo señaló con el dedo hacia la pared que estaba justo a mi izquierda, nada más acceder al enorme salón, donde una impresionante vidriera copada con fina vajilla y cristalería la ocultaba por casi completo. Juanjo había abierto las puertas y pulverizado Luminol, solo por si acaso, pero había dado en el clavo. Había restos fluorescentes por casi todas las piezas, pero dos de ellas en especial mostraban aquella fluorescencia como si estuviesen llenas hasta algo más de la mitad con el producto químico que Juanjo usaba.

—¿Qué es?

—Me temo que esto sí que es sangre —respondió mostrándome un bastoncillo con el algodón teñido de fucsia —. Creo que mejor le doy un repaso de Luminol a la casa al completo, ¿no?

—Sí, mejor sí —le respondí, a la vez que alcé la voz para que mi ayudante me oyese, pues estaba en la cocina intentando hablar con la familia —. ¡Ulises, necesito hablar con alguno de sus familiares, ya!

—Inspector —respondía Ulises tras unos segundos —. He logrado hablar con la prima, nos espera en su domicilio.

Iván Moncada

—Perfecto, vamos entonces a hablar con ella —me giré —. ¡Juanjo!, vamos a hablar con los familiares de la víctima, si encuentras algo más infórmame, por favor.

—Hecho —me respondió sin despegar la vista del suelo, en donde estaba a cuatro patas observando algo, mientras todo a su alrededor era oscuridad y fluorescencias recordándome alguna fiesta "Rave" en las que antaño hube realizado alguna redada.

Ulises y yo nos montamos en el coche y nos dirigimos al domicilio de la prima de la víctima, en Hortaleza. Aquella mujer vivía sola, en un pequeño piso de un tercero sin ascensor perteneciente a un antiguo bloque de viviendas. Nada más llegar nos identificamos y la amable mujer nos invitó a entrar. Ulises ya le había puesto en antecedentes sobre el motivo de nuestra visita, aunque por supuesto sin entrar en detalles.

—¿Y cómo ha sido? —se persignaba la disgustada mujer.

—No lo sabemos todavía, hasta que el forense no termine las pesquisas e indique si ha sido muerte natural, no podremos informarla de más. Sin embargo, como pura rutina, necesitamos algo de información sobre la fallecida —le respondí eludiendo el hecho de que se trataba de un homicidio y lo macabro de las circunstancias en las que su prima fue encontrada.

—Pobrecilla, siempre tan sola aun teniendo dos hijos.

—¿No tenía trato con sus hijos? —Pregunté a tenor de su comentario.

La también sexagenaria mujer, aunque cuatro años más joven que su prima Eulalia, cerró los ojos y levantó las cejas a la vez que suspiraba para responder —A nuestra familia siempre le ha acompañado la desgracia, al igual que la fortuna en lo económico. Bueno, por lo menos a la parte de la familia de Eulalia. La mía tuvo menos suerte, en la fortuna me refiero. El abuelo de Eulalia se casó con una joven de familia acomodada de La Coruña. Tenían tierras, empresas y muchas propiedades por el norte. La familia de la chica siempre le acusó de aprovecharse de ella, pues aunque no era muy agraciada físicamente, la cortejó y la dejó embarazada al poco tiempo. De ahí que mi prima tenga dinero. O tenía, Dios la tenga en su gloria —rectificaba.

—¿A qué se refiere con desgracias? —intentaba abrirme camino a través de la historia de la familia mientras Ulises no paraba de tomar notas y yo lo hacía solo puntualmente.

—La muerte, hijo mío, la muerte —asentía con la cabeza tuteándome sin que me importase, pues siempre he guardado gran respeto a la gente mayor —. Dicen que la más pequeña de las hermanas del terrateniente gallego con cuya hija se casó su abuelo era bruja, una meiga. Fue entonces cuando ésta le echó un conjuro por aprovecharse de su sobrina, justo el día de la boda, para que enfermase y muriese, al igual que lo harían todos los varones descendientes después de contraer matrimonio. Y dos años más tarde, así sucedió. No saben qué fue, pero algo le entró y no duró más de una semana. Durante ese tiempo tuvieron dos hijos. Rafael, el padre de Eulalia, y Natalia. Y nuevamente, como conjurase aquella bruja, Rafael murió al año y medio de casarse con la madre de Eulalia.

—¿Su prima tenía hermanos?

—No, solo la tuvieron a ella. Pero su hijo Javier siempre ha vivido obsesionado con la maldición y era uno de los motivos por los que discutía mucho con su madre de jovencito. Por eso decía que nunca se casaría. De hecho creo que todavía vive con su hermana.

—Volviendo a sus sobrinos, ¿por qué no se hablaban con su madre?

—Puf… ya sabe, en las familias de dinero… —pausaba un par de segundos —es difícil mantener la unión. Cuando todo se tiene nada se necesita, ni siquiera una madre, que es lo que les quedaba a esos niños, pues al padre lo perdieron por la maldición en un extraño accidente de tráfico cuando eran pequeños. La primera en nacer fue Maricarmen, y un año después, Javier…

—¿Qué años tienen? —interrumpí, conocedor de antemano de sus edades, pues nos habían mandado copia de sus D.N.Is desde la central, pero quería indagar en la coherencia de su historia, pues la gente mayor a veces habla mucho de recuerdos sin tener en cuenta los tiempos.

Por un momento llevó su mirada hacia arriba recordando —Maricarmen debe tener cuarenta y dos años ahora, y Javier uno menos —me respondió volviendo rápidamente a su argumento —. Desde pequeños su madre les mandó a los mejores colegios,

45

aunque eran internados, pues el pesar por la muerte de su marido siempre le hubo acompañado y lidiar con los dos niños, con lo revoltosos que eran, hacía que se deprimiese y había temporadas en las que lo pasaba realmente mal. Yo mantenía el contacto con ella de vez en cuando, aunque nunca tuvimos una amistad cercana. Le ayudaba en lo que podía. Sobre todo en verano, cuando los niños volvían del internado. Yo iba a su casa por las mañanas para cuidarlos. Pero después llegó la adolescencia, y la personalidad de aquellas criaturas cambió muchísimo. Se volvieron secos, distantes, crueles con la madre, a quien respondían con rencor por mantenerles alejados de ella. Solo le dirigían la palabra para pedir dinero. Cada vez más dinero. Habían creado un vínculo muy fuerte entre ellos, como si solo se tuvieran el uno al otro.

—¿Al morir el padre supongo que ellos dispondrían de parte de la fortuna familiar?

—Sí, al alcanzar la mayoría de edad ambos tuvieron acceso a los bienes que por derecho les correspondían. Fue entonces cuando definitivamente dejaron de lado a su madre.

—¿Y usted?, ¿tiene trato con ellos?

—No, la verdad es que no. Solo sé que viven aquí en Madrid, en Torrelodones creo, si no se han cambiado. Hace muchos años que no sé nada de ellos. La última vez que hablamos, fue hace diez años, una navidad en la que Maricarmen me llamó para felicitarme las fiestas y preguntarme cómo estaba y si necesitaba algo. Ya sabe, dinero. Nunca he tenido mucho, y lo que he tenido lo he ganado con el sudor de mi frente. Desde que dejase de ir a casa de Eulalia para echarle una mano con los chicos me puse a trabajar en una pastelería hasta que me retiré el año pasado, cuando el dueño cerró el negocio y yo cogí la jubilación anticipada. Qué remedio —se lamentaba la mujer.

Recuerdo que en aquel momento mi móvil vibró, justo cuando le pregunté si su prima tenía enemigos y ella se llevó la mano al pecho asustada. Por lo que la tranquilicé —No, no, no se preocupe, son solo preguntas de rutina. Ya sabe. La gente con dinero siempre levanta envidias sin quererlo.

—Sí, sí, le entiendo, le entiendo. Eulalia era una mujer compasiva y buena con todo el mundo. No recuerdo que tuviese ningún enemigo —respondió la mujer más relajada, mientras yo eché un vistazo al mensaje que acababa de recibir.

Era de un antiguo confidente. Alguien a quien le encargué que me avisase cuando encontrase algo en concreto que le pedí. Y por lo visto por fin había dado con ello, así que necesitaba ir a hablar con él lo antes posible. Y para ello debía estar solo.

—Bien —dije cerrando mi libreta —. Muchas gracias por todo, señora Belinda. No la molestamos más. Como le dije esto es pura rutina, pero debemos hacerlo —la sonreí a la vez que me puse de pie.

—En cuanto el forense nos lo indique nos pondremos en contacto con los familiares para avisarles y que puedan dar sepultura a su prima —añadió Ulises, siguiendo el protocolo.

—De acuerdo. Muchas gracias por informarme —nos agradeció la visita cabizbaja, acompañándonos hasta la puerta.

Nada más abandonar el edificio y subirnos al coche le indiqué a Ulises que me llevase a comisaría. Necesitaba coger un vehículo para ir a ver a mi confidente, por lo que le dije que tras dejarme en la central se fuese de nuevo al lugar del homicidio para que observase cómo Juanjo hacía su labor y se empapase bien de los pasos a seguir antes y durante el trabajo forense, pues yo debía atender una vista de juicio por homicidio involuntario de un atraco. Por supuesto mentira.

Tres cuartos de hora más tarde estaba en Caño Roto, en Carabanchel, un barrio marginal de los cuales la policía incluimos dentro de lo que llamábamos, y seguimos llamando, Territorio Comanche. En los barrios que conformaban aquel territorio se vivía al margen de la ley, y los compañeros entraban extremando las precauciones, pues se jugaban la piel ante cualquier intervención a realizar allí.

Junto a una intersección, cerca del bar Palometa, estaba Andrés, mi confidente. Como de costumbre pasé despacio con el coche por su lado sin pararme. Después él se encendía un cigarro y comenzaba a andar hacia donde yo me había dirigido y detenido, a unos cincuenta metros, mientras se giraba disimuladamente y se cercioraba de que nadie le estuviese observando o siguiendo, para después, al llegar a mi altura, tirar el

Iván Moncada

cigarrillo y meterse en el vehículo. En cuanto mi confidente entraba en el del coche de incógnito yo aceleraba para alejarnos del punto de reunión.

Andrés era un experto en el menudeo y un hábil conversador, por lo que su red de contactos para vender los productos robados que compraba a aluniceros era extensa, lo que le permitía estar informado de casi todo lo que pasaba en las calles, donde era conocido como "El Guindas" debido a su pasado, pues su primer contacto con la venta callejera fue en su niñez, cuando vendía fruta y verdura robada con su padre en Cascorro y a grito pelado ofertaba cerezas diciendo "¡Guindas señora, tengo las mejores guindas de Madrid!" Cosa que a la gente le hacía gracia, especialmente a las señoras, las cuales sonrientes se las quitaban de las manos.

—¿Qué tienes para mí? —le pregunté mientras cogía la avenida de Andalucía.

—Le he localizado.

Durante un par de segundos desvié la mirada de la carretera para mirarle a los ojos, pues llevaba años deseando oír aquellas palabras.

—¿Dónde está?

—Según tengo entendido vive en Las Torres, En Villaverde Alto, con una tía con la que se lio el año pasado. Tengo un par de colegas que me ofrecieron unos pelucos de la milla que estaban todavía calientes, y cuando fui a verlos él estaba allí. No

49

parecía que tuviese nada que ver con la mercancía, pero cuando les di mi precio le miraron en busca de aprobación. Horas más tarde, después de haber ido a por la guita y volver, él ya no estaba, y pregunté a mis colegas quién era ese. Al principio no soltaban prenda, pero uno de ellos, con el que tengo más confianza, me sopló algo de información. Ahora por lo visto se hace llamar El Diablo, o al menos ese es el único nombre por el que él le conoce. Según me dijo ha estado viviendo en Barcelona durante varios años y ahora ha vuelto. Mueve droga, armas, es especialista en alunizajes y creo que tiene un par de clubs. Vamos, lo mismo que hacía aquí cuando le conocíamos como Jaime Cruz, solo que ha extendido sus tentáculos y ahora va por libre.

—¿Y del Fonso?

—No te lo puedo confirmar por ahora, pero por la descripción que me dio creo que es quien le lleva los dos clubs.

—¿Podrías conseguirme la dirección que tiene en las Torres?

—No tío. Allí yo no entro, solo gitanos de sangre. Y sabes que no puedo preguntar eso sin que llegue a sus oídos y venga a por mí para sacarme a hostias el porqué de mi interés en donde vive. Ahí no puedo ayudarte, y lo sabes —respondió con cierto nerviosismo.

—Necesito que le marques lo mejor que puedas. Necesito saber más, por dónde se mueve; las direcciones de los clubs; con quién hace negocios; palos que haya dado para poder rastrear los botines; rumores de los próximos; todo, ¿me has entendido? Todo.

—Joder, Julio. Estoy en ello tío, pero tengo que ir despacio, si me pillan me cosen a navajazos.

—Lo sé Guindas, lo sé —le dije suspirando, con la adrenalina por las nubes recordando el último encuentro que tuve con aquella sabandija que casi me mata, mientras que después de haber conducido durante nuestra conversación tomaba la avenida de Oporto para dejar a mi confidente, a quien repetí lo que siempre le decía cada vez que nos encontrábamos —Lo que sea, Guindas. Avísame de lo que sea que te enteres.

—Sí, sí, tío. Tenemos un acuerdo, sabes que no rompo mis acuerdos —se despedía.

"Por supuesto que tienes un acuerdo conmigo" pensaba para mí, pues fui yo quien falseó su expediente jugándome el puesto para que no acabase con sus huesos en la cárcel y que fuese mis ojos y mis oídos en la calle.

De vez en cuando una sensación de culpa me sobrevenía recordando las cosas que hice y no debería haber hecho para encontrar a aquel hijo de puta. Pero la sed de venganza que se apoderó de mí aquel día era algo de lo que no me podía desprender, ni aun cuando las palabras de aquella loca que me echó las cartas me venían a la mente.

Nichos de Paz

Iván Moncada

5

Mientras me enciendo mi segundo cigarrillo veo cómo un coche fúnebre se acerca por la calle del cementerio seguido de los vehículos de los familiares, tal como hicimos nosotros hace un rato. Pego una intensa calada y expulso el humo. Parece como si tuviese un enorme agujero en el pecho. Hoy he pedido el día entero por el entierro, pero mañana creo que pediré otro y visitaré al médico. Ya no sé si es angustia, algún tipo de depresión o ansiedad crónica, o a lo mejor es algo interno "¿quizás pulmones, vesícula…? Joder", me digo a mi mismo mientras me presiono en la boca del estómago y miro mi incandescente porción de muerte. "¿Quizás el próximo del ataúd sea yo?, que coño, aquí no nos vamos a quedar ninguno" reflexiono mientras vuelvo a mis pensamientos, esos obtusos pensamientos sobre los problemas que yo, mi trabajo y mi ciega obsesión fueron minando nuestra vida familiar.

Recuerdo que aquella misma noche, después de dejar a mi confidente y de haber pasado por comisaría para que Ulises me informase sobre las posibles novedades del caso, llegué a casa y me encontré a Irene llorando.

—Hola, cariño —dije nada más entrar por el pasillo, antes de verla acurrucada en el sofá —. ¿Qué ha pasado?

—Te he llamado y no lo has cogido —me respondió con cierta indiferencia mientras secaba las lágrimas de su rostro.

—Lo siento, estaba liado. ¿Qué ha pasado?, ¿me lo vas a contar? —sin querer le dije con un tono quizás algo sarcástico, supongo que debido a aquel tira y afloja que muchas veces manteníamos por las peloteras que teníamos derivadas de mi celo por el trabajo.

Entonces levantó las cejas, mirándome fijamente a los ojos, y con cierto desdén me lo contó —Estaba en el centro comercial con tu hija, haciendo la compra de la semana, y cuando me he querido dar cuenta no estaba conmigo. Me puse a buscarla y no la encontraba, hasta que fui al pasillo de librería y la encontré —rompía a llorar —. Estaba tirada en el suelo, inconsciente, y no se despertaba.

—¡¿Cariño?! —alarmado me acerqué a ella —. ¿Está bien? ¿Dónde está?

—Está en la cama, durmiendo —señalaba hacia las habitaciones, tapándose los ojos con una mano mientras sollozaba, como si sintiese vergüenza —. Te llamé, pero no lo cogías —me repitió.

—Lo siento Irene, lo siento cariño —la abracé con fuerza, mendigando al oído su perdón e intentando que me contase lo que había ocurrido —. ¿Está bien?, ¿Qué ha sido?

Iván Moncada

—Recobró la consciencia al poco tiempo, unos señores me ayudaron. Cuando salimos del centro la llevé a urgencias. Dicen que debió ser una bajada de azúcar o algo sin importancia, que en los análisis no se veía nada. Me han dado cita para que le hagan un chequeo.

—Ya está mi vida, ya pasó todo —la reconforté como pude entre mis brazos, regalándole besos y caricias, perfectamente consciente de lo mal que lo había pasado.

Después, mientras Irene se tomaba un vaso de leche caliente para relajarse antes de irnos a acostar, yo entré en la habitación de Laura. La niña de mis ojos, como yo siempre le decía, estaba profundamente dormida, su todavía para mí angelical e infantil rostro irradiaba paz y tranquilidad. En demasiado poco tiempo se había convertido en toda una mujer de diez y nueve años a la que adoraba y a la que no podía dedicar todo el tiempo que se merecía, pero los escasos momentos que estábamos juntos era la luz de mi vida, quien competía con Irene por mi amor en el más casto sentido, éramos lo que muchos padres quieren y no consiguen, amigos. Si algo le pasase mi ser se haría pedazos y mi alma vagaría errante sin descanso por no haber estado a su lado, y si hubiese un culpable de tal desdicha, alguien que me arrebatase a mi niña, con gusto ardería en el infierno tras arrancarle el corazón.

Con cuidado abracé a Laura y la besé en la frente, separándome después de su lado y cerrando con suavidad la puerta al salir. Irene se acababa de meter en la cama. Yo tardé algo más, pues debía lavarme los dientes y ducharme, sobre todo ducharme, un ritual que siempre llevaba a cabo después de estar cerca de cadáveres. Necesitaba frotar todo mi cuerpo y sentirme limpio. No sé por qué lo hacía, pero necesitaba hacerlo. Diez minutos más tarde estaba tumbado junto a mi amada esposa, a quien quería profundamente a pesar de nuestras constantes desavenencias, aquella mujer cuyo primer encuentro siempre recordaba cada vez que nuestros ojos se encontraban.

Enseguida Irene se acercó a mí y me abrazó. Acusaba mi ausencia, hoy se había asustado mucho, necesitaba sentir que estaba junto a ella, aunque quizás no menos que yo a ella junto a mí, los fantasmas del pasado cobraban fuerza en mi mente sabiendo que estaba cerca de poder borrarlos para siempre. Yo también tenía miedo, a mi manera, pues me sentía caminar al borde de un abismo del que no atisbaba fondo alguno. Al momento nuestros labios se encontraron en medio de la oscuridad, nuestras caricias compusieron una melodía con la que ocultarnos del resto del mundo, y nuestro amor proclamaba nuevamente que el destino había predispuesto nuestra unión en esta u otras vidas, pasadas y futuras.

6

A la mañana siguiente, nada más llegar a comisaría a las siete de la mañana, Ulises me informó de que la noche anterior, ya tarde, los hermanos Boada devolvieron la llamada después de haberles dejado diversos mensajes en sus respectivos buzones de voz. A las ocho de la mañana vendrían para prestar declaración y llevarlos a la morgue para reconocer el cadáver de su difunta madre, habiéndoles informado de que su muerte se hubo producido en extrañas circunstancias, tratándose por lo tanto de un claro caso de homicidio.

Con puntualidad británica los dos hermanos hicieron acto de presencia en comisaría, en donde Ulises les llevó a los dos juntos a una sala de interrogatorio, pues en principio no se les consideraba sospechosos y no parecía que tuvieran nada que ver con la muerte de su madre si se confirmaba que, como dijeron por teléfono, estaban en Berlín en viaje de negocios. Aunque he de reconocer que si se juzgase a las personas por su aspecto, estos debían de ser culpables, pues cuando llegaron yo estaba en el vestíbulo y pude observarlos detenidamente antes de que Ulises les atendiese.

Ella parecía fría e inquebrantable, con rostro delgado y mirada viperina; pelo rizado y muy tupido de color cobrizo; labios gruesos, probablemente inyectados en Botox; y ojos rasgados en exceso en comparación con los de su hermanos, posiblemente operada de las bolsas que él lucía sin querer esconderse del paso del tiempo. Aunque seguramente no era lo único de lo que estaba operada, pues llevaba un vestido color café con leche claro bastante ceñido y una torera marrón oscura a juego que no hacía más que resaltar el busto de un cuerpo muy cultivado. No así el de él, quien aparte de no ocultar su edad, el ligero abombamiento de su camisa en la parte inferior indicaba que su ejercicio, si lo hacía, no era ni tan siquiera moderado o frecuente, acompañando a su físico un pintoresco atuendo conformado por una camisa blanca con estampado de topitos rojos, y unos pantalones azules, casi añil, con náuticos a juego. El inconfundible look de pijo, sin duda, más aún cuando era el típico individuo que convertía su rizado pelo en ondas estiradas y engominadas hacia atrás, decoradas con mechones de canas que parecían haber sido estratégicamente colocadas por un estilista, y aquella mirada de "Que asco de chusma hay aquí", muy parecida a la de su hermana, que suspiraba de seguro molesta por tener que venir a declarar y reconocer el cadáver de alguien de quien seguramente ya había olvidado su existencia.

A los cinco minutos de que Ulises les hubiera pasado a la sala me reuní con él y entramos.

Iván Moncada

—Buenos días. Soy el inspector Velázquez, él es el agente Soria. Estamos al cargo del caso de su difunta madre —me presente a mí mismo y a Ulises mientras tomábamos asiento frente a ellos. A lo que ni siquiera se dignaron a replicar con un "Buenos días", prosiguiendo —. Según tengo entendido ninguno de los dos estaba en España el día de la muerte de su madre —alcé la mirada hacia ella, pues estaba seguro de que era quien llevaría la voz cantante.

—Efectivamente. Ya se lo dije ayer por la noche a su compañero, después de que me dejase diecisiete mensajes. Estábamos en Berlín, en viaje de negocios —respondió de mal humor, arqueando las cejas.

Durante un par de segundos mantuve mis ojos clavados en los suyos —No es la primera vez que lo veo pero, no se llevaban bien con su progenitora, ¿verdad? No muestran ninguno de los dos aflicción alguna y ni tan siquiera nos han preguntado cómo ha muerto su madre. Algo que suele ser lo primero en hacer los familiares de cualquier víctima —llevaba mi mirada del uno al otro.

—¿Acaso importa? —seguía siendo ella la única que hablaba mientras permanecía con los brazos y piernas cruzadas sentada en la silla —, pero si se siente más tranquilo, díganos, ¿cómo ha muerto nuestra madre? —preguntaba condescendiente.

Como era obvio ya habíamos pedido a Lufthansa el listado de pasajeros del vuelo en donde los dos hermanos viajaban,

59

al igual que el registro y salida del hotel que la noche anterior indicaron a Ulises, pero también era importante observar sus reacciones al ver las fotografías del escenario del crimen, algo que no se suele hacer, pues podría dañar la sensibilidad de los familiares, pero sabía que poco se iba a dañar aquella vez —Estas son las fotografías de su madre cuando la encontramos. Les advierto que son imágenes muy duras.

Los dos se echaron hacia delante acercándose a la mesa, mirando las tres fotografías que puse frente a ellos, colocadas una al lado de la otra. La primera reacción fue de estupefacción, pero tan solo duró un par de segundos, tal vez algo más en él, quien por fin despegó los labios para decir:

—Dios mío, es algo terrible —cerraba los ojos y los apretaba por un segundo.

Acto seguido se miraron el uno al otro, instintiva y fugazmente, el tipo de reacción que yo buscaba, algo que pudiese indicarme si estaban relacionados con el homicidio de forma alguna. Como era lógico teníamos mucho que investigar, pero ellos eran los herederos universales de la fortuna de la víctima, una cantidad que todavía no manejábamos pero que de seguro era muy elevada, y el móvil perfecto para cualquier asesinato. Dinero. O en su caso, más dinero.

—¿Saben si su madre tenía problemas con alguien?, ¿alguien que pudiese hacerle algo así?

—Por supuesto que no. Nuestra madre era una mujer querida por todo el mundo, siempre ayudaba a todo aquel que lo necesitase.

—¿Y ustedes?, ¿la querían? —hice una pausa—. Ayer hablamos con su tía tercera, Belinda García, y nos habló sobre sus desavenencias.

—¡Por Dios! —exclamó ella echando la cabeza a un lado y negando ligeramente—. Por supuesto que la queríamos, era nuestra madre. A esa mujer nunca le hemos caído bien ni nosotros ni nuestra madre. Siempre nos ha tenido envidia y nos ha guardado rencor por nuestro estatus económico. Durante años ha estado a expensas de nuestra madre intentando formar parte de la familia y beneficiarse de nuestra fortuna, pero su interés era meramente egoísta.

—¿Quiere decir que su tía nos ha mentido?, ¿que se llevaban bien con su madre?

—Por supuesto que no. Como todas las familias teníamos nuestras cosas. La nuestra es una familia de carácter y orgullo. Desde la muerte de nuestro padre nuestra madre cambió, pasamos a ser más un estorbo que un consuelo en quien refugiarse, y aquello nos fue distanciando. Pero nosotros no tenemos ningún motivo por el que querer ver muerta a nuestra madre. Y menos de ese modo tan horrendo.

—Como comprenderán, debido a la fortuna de su madre y ser ustedes los herederos directos, creo que son perfectamente conscientes de que ahora mismo, por protocolo, son los principales sospechosos. Espero que lo comprendan. Por lo que para poder descartarles lo antes posible les agradeceríamos que nos permitiesen tomar una muestra de ADN —algo a lo que reticentes accedieron, y nada más terminar de tomar las muestras del interior de sus bocas ella añadió:

—Inspector —se acercó apoyándose sobre la mesa a la vez que barría las fotografías con la mano derecha y las arrastraba hasta mí —, nos han acusado muchas veces de muchas cosas, pero creo que esta es la peor de todas. Como les hemos dicho estábamos fuera del país, pueden comprobarlo. A partir de ahora para cualquier tema relacionado con la muerte de nuestra madre deberán dirigirse a nuestro abogado —terminaba con mirada desafiante, mientras su hermano sacaba del bolsillo de su camisa la tarjeta de visita de su abogado y la ponía sobre la mesa —. ¿Podemos ir a reconocer el cuerpo de nuestra madre y acabar con esto?

—Sí, por supuesto. Soria les acompañará a la morgue. Estaremos en contacto. Por favor, no abandonen el país sin informarnos previamente hasta que hayamos podido corroborar lo que nos han contado —les informé mientras se levantaban de sus asientos para abandonar la comisaría junto a Ulises.

Nada más irse yo fui a mi despacho y entré en mi ordenador, había recibido el informe inicial de Juanjo, pero todavía no me había dado tiempo a leerlo, aunque Ulises ya me había comentado algo aquella misma mañana sobre un hallazgo en la escena del crimen. Después de pasar un rato leyéndolo, pues era muy meticuloso, como lo era Juanjo, cogí el teléfono y le llamé. Había algo que necesitaba que me explicase, no sabía bien a que se refería con "Símbolo aparentemente esotérico dibujado bajo la cama con prueba de Bencidina positivo". Obviamente era algo pintado con sangre.

— ¿Juanjo? Soy Julio.

—Hola, supongo que has leído el informe.

—Sí. ¿Qué es eso del "Símbolo esotérico"?

—Bueno, pues algo que encontré bajo la cama de la víctima, en su dormitorio. Como quedamos le di un repaso por encima a la casa con el Luminol, y a orillas de la cama encontré unas gotas sueltas de sangre seca bastante antiguas aparentemente de salpicaduras proyectadas desde debajo de la misma. Menos mal que me enviaste de nuevo a Ulises, porque la cama es de las antiguas, de las que no cabe la mano entre la estructura y el suelo, además de pesar una tonelada, y con su ayuda la movimos. Y ¡Bingo! Allí lo encontré, un pentagrama rodeado por un círculo, pintado con sangre, aunque no humana, esta mañana metí las pruebas que recogí en la máquina y son ovinas, aunque también había pelo, y este si es humano, lo he enviado para cotejar con los de la víctima.

—No me jodas, esto parece una película de terror. ¿Para qué es el pentagrama?

—No lo sé, no soy un experto en el tema. Supongo que algún tipo de hechizo, no sé si bueno o malo, es lo más que he encontrado en google con la información de la que dispongo. ¿Conoces alguna bruja a la que preguntar? Yo sí, pero no en el sentido esotérico Jajaja... —reía, sin saber que me había dado una buena idea.

—Quien sabe, puedo preguntar por ahí. Envíame una foto de lo que encontraste, por favor.

—Eso está hecho. Cuando tenga confirmación del cabello te aviso.

—Gracias, Juanjo —acabé mientras accedía al programa y buscaba el nombre y la dirección exacta de aquella mujer que me echó las cartas en el homicidio que tuvo lugar en la Cuesta de los Ciegos hacía quince años. Si la anciana seguía viva, quizás me pudiese ayudar.

Entretanto Ulises había acompañado a los hermanos Boada a la morgue, en donde hicieron un reconocimiento positivo de la víctima, y desde donde éste me llamó posteriormente para informarme de que ya se habían ido y de que la pareja de judiciales de incógnito que yo había solicitado ya estaban haciéndoles el seguimiento. No eran trigo limpio, y si tenían algo que ver con el asesinato de su madre cometerían un fallo. Todos cometen un fallo tarde o temprano.

Horas más tarde, después de tener que desplazarme hasta el polígono industrial de San José de Valderas en Alcorcón para investigar la muerte de un supuesto ladrón al que los perros guardianes de la nave hubieron dado buena cuenta, me dirigí a visitar a la vidente. Recuerdo que la información que nos dio entonces ayudó mucho en la detención del agresor y homicida, pues tras revisar las grabaciones de calles colindantes y cajeros, conseguimos unas imágenes en la que se veía a un individuo de tez morena y chándal rojo al que identificamos como Nassef Jarad, un marroquí al que pudimos acusar del delito gracias al reloj de la víctima, el cual fue un regalo de sus padres por su graduación y tenía una fecha e inscripción concreta.

Entretanto había recibido un mensaje de Juanjo diciéndome que el pelo encontrado en el símbolo era de la víctima. Lo leí justo cuando salía del ascensor en la planta de la vidente. Nuevamente estaba allí, llamando a su puerta. Pero esta vez no fue ella quien me abrió, sino una mujer joven, aunque ataviada con ropajes similares a los que recuerdo que llevaba la anciana.

—¿Sí?

—Buenas tardes. Venía buscando a María Neira, una mujer mayor con la que hablé hace quince años aproximadamente. ¿Sigue viviendo ella aquí?

—Oh. No lo siento, era mi madre. Falleció hace casi diez años.

—Vaya, lo lamento —le di el pésame, pensando en si ella podría ayudarme.

65

—¿Le leía las cartas?, ¿algún conjuro?, ¿mal de ojo?..., si quiere yo puedo ayudarle.

—Bueno, no exactamente eso, pero seguro que usted me puede ayudar, sí —le sonreí y ella abrió la puerta para dejarme pasar.

El interior de la vivienda estaba más o menos como la recordaba, aunque quizás algo más colorida y menos tétrica.

—¿Cómo puedo ayudarle? —se sentó a la mesa, igual que hiciese su madre.

—¿Siempre se ha dedicado a esto?

—Sí, desde que era pequeña. Es un don familiar.

—¿Y no trabajaba con su madre? No recuerdo que me comentase que tuviese una hija —intentaba ser amable, aunque noté que su rostro cambió de expresión.

—Bueno, nunca puede haber dos videntes bajo el mismo techo aunque sean familia, y ese tipo de preguntas las suelen hacer las personas que por primera vez visitan a una vidente o los policías. Y según me ha dicho usted ya había estado aquí.

—Muy perspicaz —sonreí —. Su madre nos ayudó en el pasado contándonos lo que vio en la calle a través de esa ventana en un caso de homicidio —señalé.

—Pero usted no cree, ¿verdad?

—Me temo que no.

—Pero mi madre le echó las cartas, ¿cierto?

—Vuelve a acertar. Aunque no estoy aquí por eso —le dije a la vez que sacaba la fotografía que había imprimido —. Es por esto. ¿Podría decirme que significa?

Como si hubiese visto al mismísimo diablo, aquella joven enfureció y sacó una pequeña bolsa de cuero de la que cogió un pellizco de algo parecido a ceniza y lo esparció sobre de sí misma y por encima de la mesa en la que yo había puesto la fotografía diciendo —¡¿Cómo trae eso a mi casa?! ¡Aquí no puede entrar magia negra!

—Perdone, sólo es una fotografía, no era mi intención enojarla. Pensé que su madre podría ayudarme diciéndome qué significaba, por eso he venido.

La mujer cerró los ojos por un segundo respirando profundamente y comenzó a decir o canturrear algo que yo no entendía. Luego, me miró a los ojos y comenzó a hablar:

—¿Eso es sangre humana o de animal?

—Animal. De oveja o cabra creemos.

—¿Y el pelo?

—El pelo es humano. Todo estaba oculto bajo una cama.

Como su madre también hiciese en el pasado cuando me senté a su mesa, esta comenzó también a echar las cartas.

—¿La persona que duerme en esa cama ha muerto durmiendo o de alguna enfermedad repentina?

—No. En realidad a muerto de forma violenta.

—Entonces quien pusiese eso allí no ha conseguido su objetivo. Por lo menos del modo que tenía pensado.

—¿A qué se refiere?, ¿Es algo satánico o algo parecido?

—Lo que tiene en esa fotografía es un hechizo para que la persona que duerme sobre él muera. Y no es exactamente satánico, es evidente que lo ha hecho una Meiga, o bruja si lo prefiere, su firma es el sello de la parte de abajo, entre las dos puntas inferiores. El resto de sellos que hay en cada punta indican los poderes que tiene y los elementos que domina.

—Vaya, pensaba que eso de las meigas era tan solo mitos del pasado.

—Para un no creyente como usted es difícil de entender. Las meigas existen, siempre han existido y siempre existirán. Ahora mismo tiene una delante de usted, al igual que la tuvo el día que estuvo sentado frente a mi madre —replicaba con pasión e ira en sus palabras.

—Entonces ¿me está diciendo que esto es obra de una meiga mala o algo así?

—No hay meigas buenas y malas. Todas tenemos poder para hacer el bien y el mal, solo que podemos decidir. Mi madre era medio Vedoira y medio Cartuxeira, como yo. Tenemos el don de echar las cartas y hablar con los difuntos. Otras no tienen don de familia, por lo que pactan con el mal para conseguir sus poderes. Pero esta es muy poderosa, es algo que lleva en la sangre —asentía con la cabeza mirando a la fotografía.

—Deduzco por esas palabras que su familia es gallega, ¿no?

—Sí, al igual que quien ha conjurado la muerte entre esos símbolos.

Lo que aquella mujer me contó obviamente para mí era como escuchar una historia de terror la noche de los difuntos, algo que se usa para amedrentar a los niños y hacer la noche algo más interesante, sobre todo con la moda americana de Halloween, pero sus explicaciones parecían guiarme en el buen camino. Más aun después de haber escuchado lo concerniente a la maldición que una meiga echó sobre la familia de la víctima.

—¿Algo más que deba saber sobre el pentagrama?

—Sí, tenga cuidado. Y no vuelva a traer algo así a mi casa.

—Descuide. Y muchas gracias por la información —me despedí levantándome y abandonando su casa, la que por sus palabras me había hecho sentir casi como si la hubiese profanado llevando aquella fotografía, pero dando gracias por ello, pues tenía la mente puesta en una posible vía de investigación que

69

quizás podría seguir. Aunque era algo que decidí posponer hasta el día siguiente, pues no tenía nada más urgente aquella tarde que estar con mi familia.

7

A la mañana siguiente lo primero que hice fue llamar a la judicial para saber sobre los hermanos Boada. Según me informaron, desde que salieran de la morgue y llegasen a su casa la mañana anterior no se movieron de allí. Tenían todas las persianas bajadas para evitar que nada se viese desde fuera. Tanto de día como de noche. Como si no fuese la primera vez que hubiesen estado bajo vigilancia. A las siete y media de la mañana una mujer de rasgos sudamericanos accedió a la vivienda con un juego de llaves propias, era obvio que era alguien del servicio, pues por lo que me comentaron aquella casa era enorme, un chalé independiente en una de las mejores zonas de Torrelodones.

Ulises también había estado haciendo su trabajo y ya tenía confirmación de la compañía aérea y del hotel de Berlín, ambos estuvieron allí, por lo menos sobre el papel. Como era lógico pedimos imágenes de las cámaras del aeropuerto a Aena e hicimos lo propio con las del hotel a través de la Interpol, pues las peticiones al extranjero dentro del marco europeo debían pasar por ellos a sabiendas del burocrático retraso que acarrearía.

Una vez me puse al día comencé a investigar y hacer un croquis del árbol genealógico de la familia de la víctima. Si la fortuna venía de tan arriba como la prima de la víctima nos había contado y había tanto odio y rencor como para echarse maldiciones unos a otros, algún descendiente de otra provincia podría estar también implicado. Por lo que me concentré en la rama familiar que descendía de la tía directa de la víctima, Natalia García Caldeira, quien constaba como fallecida en dos mil tres, y tenía cuatro hijos vivos residentes en Viveiro, la Coruña.

Lo primero que debíamos hacer era localizar los teléfonos de los primos hermanos de la víctima para concertar una cita, pues tendríamos que desplazarnos hasta La Coruña, y por supuesto deberíamos también hablar con sus correspondientes hijos, ya que los primeros eran de la quinta de la víctima y con poca probabilidad de ser sospechosos, no así sus descendientes, quienes por supuesto nada tendrían que ganar con la muerte de Eulalia teniendo ésta hijos vivos, pero lo de que el sello en el pentagrama indicase a alguien con ascendencia gallega me traía de cabeza.

Después de dos horas apuntando nombres, direcciones, y teléfonos, salí a despejarme un rato. Me fumé un cigarrillo y me tomé un café en el bar de enfrente de comisaría pensando en la conversación que tuve con el Guindas absorto entre el murmullo de la gente y el sonido de la tragaperras. Desde luego que pude haber buscado en la base de datos el alias de "El Diablo" y saber qué había estado haciendo Jaime Cruz en estos últimos años, pues seguro que los compañeros de Barcelona le habían tenido en el punto de mira como lo tuvimos nosotros en su día, pero hubiese levantado sospechas, y el compañero que hubiese estado entonces en Madrid nuevamente tras su pista habría sabido de mi interés por él. Aquel cabrón huyó de Madrid tras dispararme. Seguro que pensó que me había matado y por eso decidió desaparecer del mapa sin ni tan siquiera saber quién era yo, pues el día que tomamos las Barranquillas llevaba el casco de asalto y las protecciones como el resto de mis compañeros y difícil hubiera sido que hubiese visto bien mi cara o se acordase de ella. Solo creía haber matado a un policía. Algo que por supuesto jugaba en mi favor, aunque no podía estar seguro al cien por cien.

Mis divagaciones y mi persistente frustración contenida fueron interrumpidas por una llamada de teléfono, era Ulises. Los Boada se habían movido.

—¿Dónde están?

—Por la dirección que me han pasado los de vigilancia han ido a casa de su tía Belinda.

—Ya había barajado esa posibilidad, es lo que tiene la muerte de familiares y los entierros, aunque no deja de ser chocante tras no verse después de diez años. Como es lógico le informarán de la verdadera naturaleza de la muerte de su tía, al igual que después del interrogatorio del día anterior acudirán a su abogado para ponerle en antecedentes si no lo han hecho ya por teléfono. ¿Tenemos ya imágenes del aeropuerto?

—Todavía no tengo noticias. Lo reclamaré de nuevo.

73

—De acuerdo. Luego hablamos —colgué.

Segundos después el teléfono sonaba nuevamente. Instintivamente lo cogí pensando que era Ulises de nuevo.

—Dime.

—Soy el Guindas —la quebrada voz de mi confidente irrumpía en el auricular —. Tengo la dirección de los clubs.

Rápidamente eché mano a una servilleta de papel de la barra del bar y le pedí con gestos el bolígrafo al camarero —Dámelas.

Nada más apuntarlas el Guindas colgó y busqué las dos direcciones en el GPS del móvil. Uno estaba a orillas de la carretera de Andalucía, en el polígono La Postura, y el otro en San Agustín de Guadalix, al norte de Madrid, junto a la carretera de Burgos. Ambos burdeles llevaban muchos años en funcionamiento, pero constantemente cambiaban de nombre y de manos. No importaba cuantas veces los cerrásemos, siempre volvían a abrir. Era lo que llamábamos un mal menor, y sin duda una apuesta arriesgada, sí, pero necesitaba ir allí e intentar averiguar si el primo de Jaime Cruz, al que antes llamaban El Fonso, y que seguramente también tendría alias nuevo, era quién llevaba aquellos clubs. Necesitaba saber los sitios por los que El Diablo se movía y trazar un itinerario para encontrar el lugar y el momento idóneo para cazarle.

Después de comer, llamé a Ulises para decirle que pasaría la tarde indagando sobre el símbolo que encontramos en el ático de Ayala, a ver si alguien me podía aportar una opinión distinta a la que ya tenía, además de llamar a Irene para decirla que estábamos en medio de una investigación y que no podría ir a casa a dormir. La venganza me cegaba y la mentira había pasado a formar parte de mi vida profesional y privada.

Las horas posteriores hasta la medianoche, cuando iría primeramente al club de Guadalix, las pasé sentado en una cafetería de San Sebastián de los Reyes, a veinte kilómetros de distancia, en uno de aquellos gigantescos centros comerciales.

Aquel centro comercial cerraba a las diez de la noche, como la mayoría de centros en Madrid. De vez en cuando pensaba en qué haría cuando tuviese frente a frente al cabrón que me disparó, pero cuando supe que estaba vivo y estaba a mi alcance aquello pasó a ser una constante. Después de varios expresos la cafeína se había apoderado de mi cuerpo, pero gracias a Dios las grandes superficies como aquella, al igual que me ocurría con los largos pasillos de los aeropuertos las veces que esperaba para embarcar en un vuelo, me calmaban y sosegaban con el intenso murmullo de fondo de la gente hablando y yendo de un lado para el otro. Nunca he llegado a comprender el porqué de aquella sensación, pero era algo hipnótico, solo comparable a la sensación que experimentaba de pequeño y todavía recuerdo cuando después de que mi madre me bañase me ponía sobre un taburete blanco, frente al espejo del baño, y me secaba el pelo; el sonido de su viejo secador de pelo, junto con el aire templado

75

pasando de un lado al otro de mi cabeza y rostro hacían que mi mente se quedase en blanco vaciándola de cualquier inquietud o pesadumbre, que eran únicamente las que un niño de aquella edad podía tener.

El rápido y despavorido andar de la gente abandonando los pasillos indicaba el inminente cierre del centro. Miré mi reloj. Eran las diez menos cinco. Entonces me giré y vi que era el único cliente en la cafetería, a quién el camarero esperaba para limpiar y recoger la mesa. Por lo que, complaciente, me levanté y abandoné el centro como los demás.

Veinticinco minutos después estaba en San Agustín de Guadalix. Era pronto, pero aquella era la mejor manera de ver a todo aquel que entrase o saliese del club, por lo que llevé mi coche hasta el lado contrario del burdel, al otro lado de la carretera de Burgos, justo en la calle de entrada hacia el pueblo, un alarga cuesta arriba que se perdía entre las rusticas casas y que me permitía estar visualmente por encima del club, donde aparqué mi vehículo disimulándolo junto al de los vecinos. Desenfundé mis prismáticos y limpié las lentes. Quería tener una imagen nítida de las caras de todos ellos, chulos, matones, clientes y con suerte Alfonso Cruz.

Media hora más tarde un primer coche se acercó al local. Un local que parecía una antigua y pequeña nave industrial solitaria al margen de una autovía, que en su día se quedó aislada. El sitio perfecto para un club de alterne. Del coche bajaron dos hombres grandes y corpulentos. Uno de ellos sacó un juego de llaves que sacudía para encontrar la que abría la cancela que había antes de la puerta de entrada, y el otro portando una caja de whiskey. Ninguno de ellos era el Fonso o ni tan siquiera se le parecía. Había pasado mucho tiempo. Pero la cara de los primos Cruz es algo que tenía marcado a fuego y plomo.

Varios coches más fueron apareciendo paulatinamente. De todos ellos bajaron hombres de distinta complexión y procedencia. Seguramente eran los camareros, los porteros y los vigilantes de las chicas, las cuales por norma general hacían vida dentro de los locales sin salir a la calle, esclavas de sus proxenetas.

Rondando las once de la noche comenzaron a llegar los primeros clientes, hombres de lo más variopinto, y durante las siguientes horas el vaivén de coches y varones en busca de sexo por dinero era vertiginoso, pero el tiempo pasaba y no había señal de la persona que yo buscaba. No sabía si éste era el local al que vendría primero o el último, pero estaba seguro de que vendría, pues como en todo negocio en el que se movía dinero ilegal en metálico la recaudación se hacía a diario.

Los coches de los vecinos del pueblo estuvieron pasando por detrás de mí constantemente durante largo rato, pero ya eran las dos de la mañana y la calle estaba desierta. La afluencia de clientes del club había descendido drásticamente, pues era día de diario y muchos debían llegar a una hora más o menos prudencial a sus casas, con sus cornudas esposas. Pero entonces un Porche Cayenne llamó mi atención, parando justo al lado de la puerta, en donde ninguna otra persona más que el dueño del prostíbulo se atrevería a aparcar con los dos gorilas de la entrada, quienes hicieron un gesto con la cabeza acompañándolo con lo que parecía una leve sonrisa, si es que aquellas masas de músculo sabían sonreír.

Me apresuré, centré y enfoqué los prismáticos —Hijo de puta. Te tengo —me dije en voz alta a mí mismo cuando vi bajar a Alfonso Cruz del lado del conductor mientras otros tres tipos más también descendían del flamante SUV. Era él, estaba casi seguro de que era él. Si hubiese sido una operación policial hubiese dado la orden de entrar, pues mi convencimiento de que era la persona que buscábamos rondaría fácilmente el noventa por ciento. Pero esto no lo era, y a pesar de que en otras circunstancias me hubiese bastado, debía, mejor dicho, necesitaba bajar allí y verlo de cerca.

Tenía el pulso acelerado y la mente despejada. Estaba solo, no tenía apoyo de ningún tipo, y un paso en falso podría acabar con mi cadáver en una cuneta. Así que me preparé y saqué mi HK para amartillarla y tenerla preparada ante cualquier eventualidad, colocándomela a la espalda. Después arranqué, fui hasta el cambio de sentido más próximo en el que poder dar la vuelta, y cogí el desvío que llevaba hasta allí. Dejé mi coche en la tercera hilera de vehículos, cerca de la salida, por si tenía que abandonar aquel lugar pitando, y salí normalmente acercándome a la puerta con paso firme.

—¿Cómo están las niñas hoy? —pregunté a los machacas de la puerta riendo y disimulando.

—Chicas siempre bien —respondió uno de ellos con claro acento del este —, son quince euros con copa.

—Por supuesto —llevé los brazos a los lados haciendo un gesto de "sin problema, ya sé a qué he venido" para acto seguido sacar la cartera y darle veinte pavos.

El grandullón me dio el ticket para la copa y el compañero se echó a un lado para dejarme pasar. Ya estaba dentro. Las tenues luces de colores y la música llenaban cada rincón del antro en el que las chicas aparecían por doquier tras el inerte humo del tabaco mientras sonrientes y cariñosas te acariciaban al pasar para que las invitases a una copa o te subieses con ellas a una de aquellas claustrofóbicas habitaciones en las que vivían y follaban.

Poco a poco me fui desplazando por el local, con mi copa de Four Roses con cola en una mano y con la otra devolviendo las caricias y magreos disimulando que comprobaba el género eligiendo con la que me subiría. No tenía visual de Fonso, seguramente estuviese contando pasta en algún cuarto trasero, alejado del bullicio y la entrada del local para evitar los posibles atracos. Necesitaba más tiempo, tarde o temprano saldría a la barra a tomarse algo, por lo que dejé que una muy joven y guapa brasileña rubia de tez clara se acercase a mí para invitarla a una de aquellas copas de a quince euros y charlar un rato para disimular.

El castellano no era su fuerte, pero la chica lo intentaba entre sonrisas, paseos de su mano a mi miembro, y besos y mordiscos en mi cuello. Gracias a Dios poco después vi a mi objetivo entrar en escena tras las cortinas que daban acceso a las escaleras por donde las chicas subían con los clientes. Aquella criatura estaba haciendo mella en mí con tanta sensualidad y mi perseverancia para que siguiese con las manos frotándome y pellizcándome por encima del pantalón, y así evitar que las llevase a la parte trasera de mi cintura, donde llevaba el hierro. Aquel desgraciado no estaba a más de cinco metros de mí, junto a los otros tres gitanos que bajaron con él del coche. Armados por supuesto. Los gitanos no son demasiado buenos disimulando la pipa cuando la llevan encima. Quizás sea porque la mayoría suelen estar rollizos. Aunque no era el caso de Fonso, quien mantenía la forma y de vez en cuando miraba cómo me divertía con aquella niña, y claramente no me reconocía.

Al momento la cosa empezó a complicarse. La chica quería subir a una habitación y estaba extremadamente pesada, comenzando a juguetear intentando pellizcarme y agarrarme el culo. Si la muy estúpida hubiese notado mi arma, seguro que hubiese dicho algo en alto y el grupo de gitanos la hubiese oído, teniendo entonces que dar demasiadas explicaciones si es que lograba salir de allí de una pieza. Muchos policías regentan clubs, unos por trabajo cuando están de seguimiento y otros por voluntad propia, pero hubiese sido un gran inconveniente que se quedase con mi cara y quizás recordase que fui de la judicial en los tiempos de las Barranquillas, por lo que hice lo obvio, subirme con la chica. Aunque al pasar por el lado de Fonso y su grupo le oí decir a uno, mientras reía y señalaba a éste —...El Banderillas también tiene uno, se lo regaló El Diablo, jajajaja.

A los dos minutos estaba en el cuarto de la chica. Era increíble la habilidad que tenían aquellas mujeres. Con la práctica se consigue la perfección, sin duda, pues casi antes de que hubiese cerrado la puerta ya estaba desnuda, abrazándome y metiéndome la lengua en la boca mientras cogía mis manos y se las llevaba a su sexo y nalgas para que le hiciese lo mismo que ella me había hecho a mí al arropo de la clandestina barra, separándose segundos después para mostrarme su terso, joven y espléndido cuerpo el cual sin duda deseaba, más aún entonces, tras haber sentido el tacto de su piel y sus húmedos y lascivos besos que durante más de quince minutos habían recorrido mi cuello mientras me masturbaba por encima del pantalón.

Sin apenas darme cuenta ya me había sacado la polla y me la estaba meneando profusamente. Me estaba haciendo perder el control, pero aun así no dejaba de ver a la cría que en realidad era, recordándome a mi hija Laura, y dándome cuenta de que no podía seguir con aquello.

—Vete lavando mientras me desvisto —dije sonriendo y suspirando dejando ver lo mal que me había puesto.

Como una gatita en celo fue contoneándose sin quitarme el ojo de encima hasta al pequeño baño adyacente para sentarse en el bidé o meterse en la ducha y lavarse antes de tener sexo con la intención de que yo la siguiese y lavarme después ella a mí

81

una vez me hubiera desvestido, pero sin pensarlo dos veces saqué un billete de cincuenta para asegurarme de que no abriría la boca y lo dejé sobre la cama para después salir de allí.

8

Un claxon cerca de mí me despertó. Eran las siete y cuarto de la mañana, y entre legañas y bostezos miré a mí alrededor. Estaba en mi coche. Bueno, en el "K" que llevaba desde hacía dos días, un Renault Mégane. Estaba aparcado en una gasolinera. En Parque de las Naciones, enfrente del recinto de Ifema, al lado de varios camiones que allí estaban estacionados. La noche había sido larga, pero me sentía bien. Me sentía contento y algo menos ofuscado. Alfonso y Jaime Cruz siempre habían sido uña y carne. Si tenía a uno, tenía al otro. Solo era cuestión de seguir observando y encontrar el momento adecuado.

El día había comenzado sin mí. Sin avisarme, el muy desagradecido. Después de tantos madrugones haciéndole yo compañía a él. Debía espabilar e ir a comisaría, siempre había gozado de manga ancha a la hora de desaparecer sin dar explicaciones, pero como en todos los sitios siempre había alguien mirando y echándote en falta. En mi caso era Ulises. Alguien en prácticas para subinspector de homicidios lo apuntaba absolutamente todo, y si el comisario le preguntase, yo tendría que mentir más de lo habitual.

Salí del coche y me dirigí a los lavabos de la estación de servicio, necesitaba mear y lavarme la cara para despejarme. Pocas habían sido las horas que había dormido y olía a tabaco, alcohol y mujeres. Nada con lo que no poder lidiar. Cuando uno está haciendo de sombra ha de ir donde el sospechoso vaya, o al menos eso es lo que siempre le decía a Irene cuando notaba que me olisqueaba al llegar a casa después de alguna que otra noche sin aparecer por allí. Aunque para evitar más conflictos de los que ya teníamos, muchos de ellos provocados por la reticencia de Irene a que nuestra hija universitaria saliese tan a menudo de noche con las amigas, reprochándome cuánto se parecía a mí, tenía muda y ropa limpia en la taquilla del gimnasio que estaba a dos manzanas de la central, a donde íbamos casi todos los compañeros.

Tras obviar un par de llamadas de Ulises y darme una ducha en el Gym, aparecí en comisaría fresco como una rosa, yendo directamente al encuentro de mi ayudante.

—Buenos días, Ulises. Me acabo de dar cuenta de que me has llamado. Lo tenía en silencio.

—Buenos días, inspector. Le he llamado tan solo para informarle de que he hablado con la unidad de seguimiento de los Boada y no tienen nada en especial en la tarde de ayer. Solo movimientos al supermercado, a su abogado como dijo, al club de campo, a una farmacia y al Azuriaga a cenar.

—Sí, era de suponer —me senté en mi silla mientras éste hablaba desde la suya.

—¿Qué compraron en la farmacia?

—¿Cómo?

—En la farmacia, ¿sabemos qué compraron en la farmacia? ¿Alguno tiene alguna enfermedad o dolencia?

—Pediré a la unidad de vigilancia que lo investiguen si pueden —dijo Ulises asintiendo con la cabeza diciéndome después —¿Cuál es su significado entonces?

—¿Cómo? —pregunté confundido por un momento, pues no sabía a qué se refería.

—El símbolo. ¿Le han dicho el significado del símbolo que había bajo la cama de la víctima?

—Ah, sí, sí. Es brujería —me llevaba la mano derecha a la cara y presionaba mis ojos para centrarme —. Un tipo de conjuro para que la víctima enfermase o muriese. Todos los videntes y brujos con los que pude hablar ayer coinciden, bueno, ya sabes, se hacen llamar videntes y brujos… —gesticulé con la mano separándolas de mis ojos a la vez que movía la cabeza y sonreía —. Dicen que los símbolos alrededor del pentagrama, los que están en las puntas de la estrella, indican los poderes y elementos que tiene y domina. Y el que está en la parte inferior es su sello, algo así como su firma, que en este caso y por lo que he averiguado es de procedencia gallega.

—La familia de la víctima es de ascendencia gallega ¿no?

85

—Efectivamente —le respondí a la vez que cogía de mi mesa la información que estuve recabando el día anterior —. Toma. Este es tu siguiente cometido. Son los nombres, direcciones y teléfonos de los descendientes de la tía hermana gallega de la víctima. Todos ellos viven en Viveiro y sus alrededores, en La Coruña. Llámales, háblales de la naturaleza de nuestra investigación, y concierta citas para hablar con todos ellos. Nos vamos a Galicia.

—De acuerdo. Ahora mismo me pongo a ello —dijo mi entusiasmado ayudante, un joven de veintiséis años con ganas de comerse el mundo, mientras cogía los papeles y se sentaba frente al teléfono de su mesa, y yo le miraba recordando cuando gozaba de aquella energía e ilusión.

Directamente después yo también descolgué el teléfono de mi mesa. Debía llamar a Irene. Siempre la llamaba al día siguiente por la mañana si no había ido a casa a dormir para decirla si al menos seguía vivo, pues desde que en el dos mil casi perdiese la vida las noches de espera eran pura angustia para ella, aunque con el tiempo se hubo relajado bastante sabiendo que en el puesto que estaba tenía menos riesgo aunque no estuviese completamente exento de él.

—¿Sí? —la desperté.

—Hola, cariño, soy yo. Estoy en comisaría. ¿Qué tal la noche?

—Hola, bien, bien —escuchaba cómo se levantaba de la cama —¿Qué tal la tuya?

—Como siempre, larga y aburrida haciendo una troncha frente a un chalé a ver si podíamos detener a uno que está en busca y captura por supuesto homicidio —mentía.

—Mi Julito, siempre persiguiendo a los malos —comentaba entre bostezos mientras la oía andar —. Vaya, tu hija no está en su habitación.

—¿Y eso?

—Ayer salió con unas amigas de la facultad, como todos los viernes, y me dijo que si se le hacía muy tarde se quedaría a dormir en el piso compartido que tienen tres de ellas. La de Canarias y las dos de Segovia. Se cree que soy tonta y no he sido joven como ella, estará con algún chico.

—No me digas eso, prefiero la versión en la que está con amigas, ya sabes que me encabrono cuando mencionas chicos.

—Amigo, tiene diecinueve, es lo que te toca. Haberme hecho un hijo.

—¡Ayyy… señor! —suspiré —. Ya son las ocho y media. Llámala y que te diga dónde anda. Si lo hago yo me dirá como siempre que es acoso policial. Además tengo bastante lio.

—Vale, cuando hable con ella te escribo. Un beso, cariño.

—Un beso, mi reina —colgué.

Iván Moncada

Nichos de Paz

La verdad es que estaba un tanto espeso, así que me levanté y me dirigí a la máquina de bebidas a por un infame chute de cafeína, pues es lo que aquella máquina dispensaba. No sé quién decidió firmar el contrato con la empresa suministradora, pero aquello era dinamita pura. Después volví a mi mesa a bebérmelo mientras revisaba mis emails y expedientes, el caso de la calle Ayala no era el único que tenía abierto, y constantemente repasaba pruebas pendientes de informes forenses y declaraciones con la intención de refrescar mi memoria y quizás darme cuenta de algo que hubiese pasado por alto. No mucho tiempo después ya estaba a pleno rendimiento y totalmente despejado. Gracias a Dios, pues el teléfono de mi mesa sonó y una llamada que no esperaba me pilló por sorpresa.

—Inspector Velázquez, dígame.

—Buenos días. Mi nombre es Alberto Domínguez, subinspector de la GRECO en Madrid.

—¿En qué puedo ayudarle? —pregunté desconcertado, pues nunca había tenido trato con los del "Grupo de Respuesta Especial al Crimen Organizado" perteneciente a la UDYCO, la Unidad de Drogas Y Crimen Organizado con la que si cruzaba información de vez en cuando con sus otros grupos y brigadas.

—Me pongo en contacto con usted en referencia a las investigaciones que en su día llevó cuando estaba en la comisaría de Villa de Vallecas. El comisario Pedro Sánchez nos ha facilitado el acceso a los datos entre los años dos mil y dos mil cinco sobre

Iván Moncada

el tráfico de estupefacientes en Madrid, pero necesitamos hablar con usted sobre unos sujetos en concreto.

—La familia Cruz, ¿supongo? —automáticamente respondí, cerrando los ojos y mordiéndome el labio inferior.

—En realidad no lo sabemos. Hemos leído sobre los clanes a los que controlaban en las Barranquillas, y creemos que los individuos que buscamos pudieran pertenecer a alguno de ellos. Nos vendría bien que pudiésemos enviarle unas fotografías y nos dijese si reconoce a alguno de ellos.

—Sí, por supuesto —le dije, sin dejar de pensar en si el club en el que había estado hacía tan solo unas horas estaba siendo vigilado. Aunque fui meticuloso y no me pareció ver a ningún camuflado o persona sospechosa por los alrededores.

Mostrándome colaborador quedé con el agente de la GRECO en que revisaría el material que me enviase y le informaría al respecto. Quizás aquello era una señal, una de aquellas señales que los videntes, adivinos y ese tipo de gente ve y relaciona constantemente, diciéndome probablemente "déjalo estar, el pasado es pasado", pero yo no era de esos. El juego se ponía cada vez más interesante. Iba a jugar con una baraja marcada, podría saber qué tenía la GRECO y así iría un paso por delante de ellos asegurándome de que no pudiese pillarme los dedos cuando saldase cuentas con aquel cabrón.

Iván Moncada

—Ya está hecho —interrumpió Ulises sacándome de sopetón de mis divagaciones —, he hablado con todos y nos esperan pasado mañana.

—De acuerdo. Informa tú mismo al comisario, y si no hay objeción, ya sabes, haz las maletas —gesticulé con la cabeza mientras veía nuevamente entusiasmo en su cara, no así en la mía, pues cada vez me gustaba menos tener que desplazarme a otras comunidades para cubrir investigaciones.

Las horas pasaban y yo no hacía otra cosa más que revisar el correo sin noticias de lo hablado con el tal Domínguez. Estaba ansioso por saber si los dos buscábamos a la misma persona o no. Nuevamente tenía aquel dichoso nudo en la boca del estómago y el día comenzaba a tocar a su fin, así que me levanté y decidí que me iría a casa, aunque pasando primero por el ático de la calle Ayala, necesitaba estar allí un rato a solas, apuntar todo lo que se me pasase por la cabeza y que me pudiese servir en nuestro viaje a Galicia y así aclarar las ideas.

Media hora más tarde me presenté en la escena del crimen, bueno, en el portal, encontrándome con el portero, quien ya se iba.

—Buenas tardes, soy el inspector Velázquez —le mostré mi placa —¿Ha venido alguien preguntando por la señora Eulalia desde lo ocurrido?

—Ah, no, no. No ha venido nadie. Que yo sepa —respondía nervioso. Algo normal en mucha gente cuando saben que hablan con la autoridad.

—Bien. Muchas gracias, eso es todo —me despedí para que prosiguiese su camino.

Después de que aquel rechoncho hombre abandonase el portal abrí las puertas del antiguo ascensor y subí en él. Todo era silencio en el edificio a excepción del ruido producido por los renovados mecanismos del ornamental elevador y mi respiración. Adoraba aquellas fincas con enormes huecos en medio de las amplias escaleras donde en su día instalaban aquel tipo de ascensores y que estaban coronadas por un labrado tragaluz en lo alto que llenaba de vida y luz el edificio. Según ascendía miraba con devoción el mármol de los peldaños, redondeados y desgastados por las zonas centrales por quienes durante años los transitaron, luchando contra el paso del tiempo y su sustitución por materiales modernos carentes de historia.

Con un leve brinco, la cabina se paró y abrí las puertas interiores del habitáculo para abrir después las de acceso al pasillo. Había llegado a mi destino, el sexto y último piso de aquella maravillosa construcción, donde toda la superficie de la planta al completo era el ático donde vivía la víctima. A mi paso cerré las puertas del ascensor y me giré hacia la derecha sacando de mi bolsillo la llave de la vivienda y un nuevo precinto para la puerta. Pero algo me sorprendió, pues el precinto que puso Ulises después de que Juanjo abandonase la escena estaba roto. Alguien había estado allí, o quizás lo estuviese todavía.

91

Sin pensarlo dos veces saqué mi arma y la amartillé dispuesto a entrar para atrapar al intruso. Al intentar meter la llave en la puerta ésta cedió y se entreabrió. El resbalón y los orificios de los cerrojos estaban rotos, alguien la había forzado. La puerta era antigua, de madera y muy gruesa, pero con una cerradura más o menos decente la cual no sería fácil de abrir por cualquiera. Con paso silencioso accedí al pasillo de entrada y aguanté la respiración para afinar mi oído. Aquello parecía un mausoleo, pero el ascensor podría haber alertado al intruso. Imitando los pasos de un gato me moví de un lado al otro desde la cocina hasta el salón en donde se encontró a la víctima, apuntando y decidido a disparar si fuese necesario. No había nadie.

Las habitaciones y baños adyacentes al salón estaban despejados, solo quedaba el dormitorio de la víctima, al fondo del largo pasillo. Con toda la precaución posible me acerqué hasta la puerta. Ya había estado allí, por lo que mentalmente reconstruí la estancia entes de irrumpir en ella para tener en cuenta los posibles lugares en los que alguien se podría esconder o desde los que atacarme o dispararme. Tomé aire, lo expulsé de golpe, y le di una patada a la puerta girándome bruscamente hacia los lados según entraba barriendo toda la visual con mi pistola. Allí tampoco había nadie. Quien hubiese entrado ya no estaba, pero si había dejado huella a su paso. Había borrado el símbolo que encontramos bajo la gran y ornamental cama, la que todavía estaba apoyada sobre un lateral y permanecía recostada contra una de las paredes de la estancia. Burdamente había vertido algún disolvente o producto de limpieza y lo había restregado con una toalla del baño. Ya no era legible. "¿Pero por qué habían hecho eso?"

92

me pregunté. Era obvio que ya lo habíamos descubierto y visto, además de como era lógico haberlo documentado con fotografías. "¿Por qué arriesgarse a venir para borrarlo?" todo aquello no tenía ni pies ni cabeza.

Cumpliendo con las normas establecidas, llamé a comisaría para que una pareja de compañeros se personase en la vivienda por intrusión en una escena de crimen precintada, al igual que hice con la científica para que acudiesen a revisar la casa nuevamente en busca de huellas. Mientras los compañeros llegaban inspeccioné la habitación, el vestidor y el baño como ya hiciera la vez anterior, encontrando que el gran espejo del baño había sido golpeado y estaba roto, amontonándose algunos de los fragmentos sobre el lavabo y el suelo. Durante unos segundos permanecí mirando mi agrietado reflejo en los pedazos que aún se sostenían. A veces tenía la extraña sensación de no conocer a la persona que tenía delante, sólo veía a un desconocido mirándome.

Volviendo en mí, guardé el arma y salí del baño agarrando inconscientemente la manilla de la puerta. En aquel preciso instante un punzante dolor recorrió la palma de mi mano y la retiré rápidamente. —¡Joder! —exclamé, viendo que me había cortado y sangraba. De mi mano profusas gotas de sangre manchaban el suelo del baño mientras me acercaba a coger papel higiénico para cubrirme la herida. Después me acerqué a la condenada puerta y me fijé que no fue casualidad. Alguien había colocado un muy pequeño y puntiagudo trozo del espejo roto sobre las talladas hendiduras de la manilla. Aquello no me

Iván Moncada

agradó nada mucho más allá del mero hecho de que hubieran dejado una trampa para que alguien se cortase, sino por que dejar mi sangre en una escena en la que se había usado sangre para conjuros y hechizos me daba repelús, aun no creyendo en aquellas cosas.

Quince minutos más tarde los compañeros hicieron acto de presencia, quienes harían custodia durante todo el fin de semana a petición mía. Después de que les informase de lo ocurrido para que así se lo comunicasen al agente de la científica que acudiese y supiese de quién era la sangre del baño, salí de allí y me dirigí a casa.

9

Hoy por hoy, recuerdo bien lo que me sucedió aquella noche de sábado, después de descubrir que habían entrado en casa de la víctima de asesinato para borrar el siniestro símbolo.

Tras llegar a casa y charlar un rato con mi mujer y mi hija mientras cenábamos comencé a sentirme febril. Laura me explicó con pelos y señales dónde había estado y por qué no vino a casa a dormir. Obviamente para que no me preocupase y no restringiese sus salidas. La verdad es que tampoco puse demasiada atención. Me sentía aturdido. Por lo que las di un beso y me fui a dormir poniendo como excusa la vigilancia que había hecho la noche anterior. Enseguida me quedé dormido y comencé a soñar. Un sueño que en ocasiones me sobreviene sin sentido alguno y me deja mal cuerpo. Algo que no es habitual en mí, pues no suelo recordar lo acontecido en mis sueños al despertar.

En el sueño estaba en el baño de la víctima de aquel homicidio, mirándome en el quebrado espejo. De repente los pedazos de cristal se elevaron y volvieron a su sitio recomponiendo el espejo y mi reflejo en él, quedando entonces completo. Desvié la mirada hacia la derecha y vi la habitación sumida en la oscuridad, estando únicamente iluminada por cinco velas. Cinco velas negras. Una en cada punta de la estrella del símbolo que aparecía intacto ante mí. Tal y como lo vi en la fotografía que Juanjo me envió. La sangre con la que había sido pintado estaba aún fresca y percibía que no estaba solo en la estancia. Había alguien más. Pero no podía verlo, solo notaba el susurro de alguien hablando o rezando sin entender lo que decía. La situación me incomodaba y cerré los ojos a la vez que suspiré, y cuando los abrí de nuevo ya no estaba en la habitación, estaba en medio de un jardín, un inmenso jardín con árboles y plantas muertas sobre el que se cernía un cielo gris amenazador. Al fondo había una gran casa, una mansión o palacete al que las ramas de hiedra seca cubrían casi por completo. Parecía que todo aquello estuviese abandonado, aun así entré.

Las desmesuradas puertas de la entrada crujían a mi paso y la intensa luz de la colorida vidriera que se alzaba sobre la escalera central de acceso a la planta superior me recibía iluminando el descomunal recibidor. El suelo estaba lleno de hojas secas y polvo, al igual que los muebles. A derecha e izquierda veía dos puertas que, habiendo visto el edificio anteriormente desde el exterior, sabía que daban a las alas este y oeste de la casa, pero decidí subir por las barrocas escaleras como si la vidriera me lo indicase. La gran escalera se bifurcaba después en dos más pequeñas, y subí por la de la derecha cuando comencé a escuchar unas risas. Poco a poco recorrí parte de la casa guiándome por ellas hasta que llegué a lo que parecían los aposentos principales. La puerta estaba entreabierta y observé el interior. Había una pareja, un hombre y una mujer, tendidos sobre la cama haciéndose carantoñas entre besos y risas. Era extraño. Aquella habitación rebosaba vida y color mientras que el resto de la casa parecía también muerta. Pronto los dos amantes se liberaron de parte de sus ropajes de estilo antiguo y comenzaron a hacer el amor.

Cohibido en cierta forma me retiré, no quería inmiscuirme, cuando lo que entonces escuché fue un grito. Alertado me apresuré por los interminables pasillos hasta que llegué a lo que parecía una biblioteca. Entonces vi una escena muy distinta. Los amantes que acababa de ver estaban allí, junto a una tercera persona, un hombre con un cuchillo en la mano. La mujer estaba de pie llorando con las manos en la boca. Su amante yacía en el suelo tumbado boca arriba con la camisa ensangrentada, y el hombre que portaba el arma, mayor en edad que ellos, miraba a la chica sin pronunciar palabra o inmutarse lo más mínimo. No sabía dónde estaba o quién era aquella gente, pero nuevamente me fijé en sus ropas. Estaba en otra época, de eso sí estaba seguro.

Una ventana del pasillo golpeó tras de mí contra la pared por una ráfaga de aire. Me giré asustado, y cuando volví a mirar en la biblioteca ya no había nadie, era un lugar tan muerto como el resto de la casa, había perdido la luminosidad y el color que tenía cuando vi a aquellas personas dentro. Aquello eran escenas relacionadas unas con otras, aunque no sabía con qué fin o por qué eran mostradas en mi sueño.

Errante, anduve por la casa parándome en cada una de las estancias. Sentía curiosidad, y ésta fue pronto satisfecha de nuevo, cuando vi en una habitación a la mujer de las otras visiones. Estaba sola, la habitación tenía grandes ventanales que la iluminan por completo y estaba de espaldas a la puerta desde la que la observaba. Tarareaba algún tipo de canción infantil mientras parecía doblar ropa. Entonces se giró y me di cuenta. Estaba embarazada. Tenía una gran barriga y lo que doblaba era ropa de bebé. Fue cuando un nuevo sonido captó mi atención, en el dormitorio que había a mi espalda; Eran palabras pronunciadas con tono grave, pero seguía sin entender nada. Despacio me acerqué a la puerta, pero esta vez estaba cerrada. Con sumo cuidado agarré la manecilla para abrirla y empujé suavemente hasta poder ver lo que pasaba en su interior. A través de las ventanas vi que era de noche y el dormitorio estaba en la penumbra, pero había velas encendidas sobre una mesa. Era la misma mujer, era ella quien pronuncia aquellas palabras. Aquella vez llevaba un traje negro y ya no tenía barriga. Se dirigió a un lado y me di cuenta de que había un moisés junto a ella, al que cogió y colocó sobre la mesa. El bebé que había dentro emitía algún que otro sonido, parecía estar despierto. Luego sacó al bebé desnudándolo y quitó el moisés para dejar a la criatura sobre la mesa. Fue entonces cuando me di cuenta. Eran cinco las velas negras que había encima de la mesa, una sobre cada punta de la misma estrella que había en la casa de la víctima.

Aquella escena me ponía los pelos de punta. No sabía qué iba a pasar o que le iba a hacer al bebé. Mi pulso se aceleró y mi ansiedad aumentó. "Tengo que hacer algo" pensé estando dentro de aquel turbio y siniestro sueño mientras que veía cómo la mujer se hacía un corte en el antebrazo con un cuchillo y dejaba caer su sangre sobre la indefensa criatura. Pero en aquel momento, justo cuando estaba a punto de entrar, noté que alguien agarraba la manilla del otro lado de la puerta y la giraba bruscamente, haciéndome daño y cortándome en la palma de la mano como ocurriese en la vida real, a la vez que la puerta fue cerrada de golpe. Por un momento me asusté y quedé desconcertado, pero aún lo estaba más cuando giré la cabeza y junto a mí vi a aquella señora anciana que me echó las cartas en La Cuesta de los Ciegos gritándome:

— ¡Corre! ¡Corre antes de que se cierren las puertas de la casa!

Sin pararme a preguntar, rompí a correr como si me fuese la vida en ello. Las puertas de todas las estancias comenzaron a abrirse y cerrarse bruscamente a mi paso intentando golpearme, como si la casa me hubiese detectado y quisiera acabar conmigo. Rápidamente bajé por *las escaleras saltando los escalones de tres en tres. La vidriera también intentaba que no saliese de allí estallando a mi paso y llenándome el cuerpo de cristales mientras veía que las puertas de la entrada se estaban cerrando. Corría todo lo que podía, pero me caí sobre el polvoriento y sucio suelo al acabar el tramo de escaleras principal. Vi que no me iba a dar tiempo. Grité e hice un último esfuerzo levantándome y cogiendo carrera para saltar en el aire y pasar por la angosta rendija que aún quedaba abierta de la puerta.*

Fue en aquel momento cuando desperté, jadeando y empapado en sudor. Con Irene sobresaltada preguntándome qué me pasaba, mientras yo no paraba de mirar de un lado al otro para centrarme y cerciorarme de que había salido de aquella puñetera casa.

Después de explicar a Irene que solo había sido una pesadilla me levanté de la cama y me tomé un café. Eran las seis de la mañana de un espléndido domingo, por lo que atisbaba a través de las ventanas del salón, así que me puse el chándal y las deportivas, le di un beso a mi mujer, y salí a correr. Quería aprovechar bien el día aunque hubiese comenzado de forma funesta. Luego me relajaría con mi familia y descansaría, pues al día siguiente me tocaba ir de viaje.

Nichos de Paz

Iván Moncada

10

El día de descanso fue fugaz y el lunes había llegado inexorable. Como un clavo Ulises me esperaba en comisaría preparado para enlatarnos en un coche durante seis horas de viaje. Tenía todo preparado, itinerario, reserva de hotel, expedientes con datos de los familiares, era un tío harto meticuloso. Algo que sin duda era de admirar.

Mientas revisaba que todo estuviese a punto en el coche yo me acerqué a mi mesa para echar un ojo al correo antes de salir. Allí estaba. El correo con las fotografías que me envió el agente de la GRECO había llegado. La curiosidad me mataba, así que lo abrí y eché un vistazo rápido a las imágenes, pero eran demasiadas fotografías, por lo que decidí posponerlo para el regreso, ya que por la ventana veía al bueno de Ulises de pie junto al coche, mirando impaciente su reloj.

Eran las siete y media de la mañana cuando salimos. Ulises comenzó el turno de conducción, quedando en que me avisaría cuando estuviese cansado o simplemente quisiese que lo llevase yo. Por el camino me puso al día sobre lo que hubo averiguado acerca de la familia de la víctima, quién era quién, con quien estaba casado y cuántos hijos rezaban en el registro civil, propiedades y bienes a sus nombres, lo tenía todo en la cabeza.

Iván Moncada

Yo por mi lado le informé sobre lo ocurrido la tarde anterior en el ático de la víctima, la puerta forzada, el intento de borrar la estrella dibujada con sangre y el espejo roto, aunque en cuanto abandonamos la comunidad de Madrid ya habíamos intercambiado toda la información sobre el caso y aproveché para dar una cabezada hasta que hiciésemos nuestra primera parada para descansar.

Después de muchos kilómetros, charla y tiempo perdido intentando sintonizar la radio para escuchar algo de música decente, llegamos a Viveiro. Eran las dos y veinte de la tarde, y entramos en un modesto restaurante al pie de la Ría para comer. Desde allí, y a las cuatro de la tarde, como había acordado Ulises, nos desplazaríamos hasta la vivienda de uno de los cuatro descendientes de la ya difunta tía hermana de la víctima, De nombre Alicia.

La noticia de la muerte de su prima había captado su interés simplemente por el morbo que despertaba el tratarse de un familiar suyo, pues cuando llegamos nos relató que desde la niñez, antes de que el padre de Eulalia hubiese perdido la vida y su madre se trasladase a Madrid, no la habían vuelto a ver ni a saber de ella. El incidente de la extraña enfermedad que mató a su padre hizo que su madre, Isabela, cortase los lazos con la familia. Idénticas historias nos contaron sus hermanos Alexo y Uxío, era obvio que no había móvil o motivo alguno por el que aquella parte de la familia tuviese algún tipo de interés en la muerte de su prima.

La noche se nos había echado encima y era algo tarde, sobre todo para la última visita, la de la hija mayor de la tía hermana de la víctima, quien tenía ochenta y tres años, por lo que le dije a Ulises que llamase a aquella mujer y pospusiese el encuentro hasta el día siguiente para evitar importunarla. Sin embargo, la amable mujer insistió en que fuésemos, y así lo hicimos.

Su casa estaba a cinco minutos de Viveiro, entre el término de Celeiro y Auga Doce, rodeada por densa vegetación y árboles, en la cima de una colina desde la que por el día debía tener una vista espectacular del mar, pues a pesar de ser de noche éste se oía próximo, rompiendo contra las rocas del acantilado que formaba aquella elevación natural del terreno. Aparcamos el coche justo enfrente de la puerta de la solitaria casa, de la cual una mujer mayor salió a recibirnos.

—¿Dieron bien con la casa? —preguntó nada más vernos.

—Sí, ha sido fácil —le respondí, ya acercándonos Ulises y yo a la entrada—. Y muchas gracias por recibirnos a estas horas, la verdad es que lo último que queremos es molestarla.

—No se preocupen. Pasen, pasen. Ya soy vieja y apenas duermo. Y la compañía viene bien.

Ulises y yo entramos en la casa. Era grande y antigua, con el exterior de piedra, como muchas de la zona, y del mismo estilo que el hórreo que había justo al lado de la entrada. Aquella mujer se llamaba Elba, y según nuestros datos, y lo que nos habían comentado sus hermanos, vivía sola y nunca se había casado.

—Siéntense —nos señaló unas confortables butacas nada más entrar en el salón.

—¿Vive sola? —pregunté.

—Oh, sí, sí. Siempre he vivido sola. Nunca encontré mozo que me aguantara —reía.

—Bien, como mi compañero le comentó por teléfono el motivo de nuestra visita es saber si tenía trato con su prima Eulalia García Martín, pues como le informamos falleció en extrañas circunstancias y estamos investigando lo sucedido.

—Ah, sí —llevaba la mirada a un lado recordando a la vez que parecía mecerse moviendo ligeramente la cabeza sentada en su butacón —. Aquella muchacha. Con aquel rostro tan bonito, y siempre tan risueña —nos miraba gesticulando con la cara, frunciendo el ceño y arrugando la nariz, como lamentándolo —seguramente extraña ha sido su muerte como extraña fue su vida, marcada siempre por la desgracia. Primero su padre, luego su marido…

—¿Entonces solían hablar? —me dirigí a ella.

—Bueno, en realidad he de decir que no. Lo que sé de ella es lo que alguna vez me hubo comentado Belinda, su prima segunda, y prima tercera mía.

—¿Se conocen ustedes?

—Sí, nos conocimos hace muchos años, una vez que vino a Galicia de vacaciones y decidió pasar a vernos para conocer a la familia. Desde entonces alguna vez hablamos por teléfono, aunque ya hace bastante que no sé de ella. Un día por otro al final se me pasa llamarla. Ya saben ustedes los jóvenes, a los mayores se nos va la cabeza —reía de nuevo.

—¿A qué se refiere con desgracias? Doña Belinda nos comentó algo sobre la mala suerte de la familia.

—Oh, sí, sí. Si ha hablado con Belinda le habrá contado sobre la maldición de la familia de Eulalia y la desaparición de mi tía hermana Amelia.

—La verdad es que sí me contó lo de la supuesta maldición —le dije enfatizando lo de "supuesta maldición" para hacerla entender que no creíamos en aquellas cosas —. Pero nada sobre una desaparición.

—Sí... —afirmaba moviendo la cabeza, cambiando a un semblante misterioso para contarlo —. Quien desapareció fue la hija de Filomena, la meiga que echó la maldición sobre la familia de Eulalia. Dicen que el día que desapareció fue justo el día que Isabela, la madre de Eulalia, marchó para Madrid. Una semana después de que su marido muriera por aquella extraña enfermedad consecuencia de la maldición.

Ulises levantó la cabeza de su libreta por un momento para mirarme. Yo no creía en aquellas cosas, pero él, un chico joven y analítico al más no poder, creía todavía menos que yo.

—¿Quiere decir que Isabela pudo estar implicada en la desaparición de aquella persona por haber echado su madre la maldición sobre su familia? —intentaba saber más.

—Bueno, nadie lo sabe. Llamaron a los guardias y durante días se la buscó. Pero, al no encontrar su cuerpo, dijeron que a lo mejor se había escapado de casa. Amelia ya tenía dieciséis años, y por aquella época con esa edad ya se era toda una mujer. Así que, así se quedó la cosa. Pero ya sabe lo que dicen las malas lenguas.

—¿Usted cree en la brujería?, ¿la ha practicado alguna vez?

—No, yo nunca he hecho brujería, lo que sé es de habladurías, si eres gallega y no has oído sobre el tema es que no eres verdaderamente gallega. Es algo en lo que la mayoría no cree. Pero tenga por seguro que es algo que está ahí.

—La verdad es que, personalmente, tanto yo como mi compañero aquí presente no compartimos ese tipo de creencias pero, a raíz de lo que tanto usted como Belinda nos han contado hemos intentado informarnos sobre el tema y la verdad es que es un tema peliagudo. Hay cosas que, aunque no tengan nada que ver con nuestra investigación, son bastante chocantes como, ¿sabría decirme para qué alguien podría querer la sangre de otra

106

persona? —disimulé intentando averiguar sobre aquello que escapaba a nuestro entendimiento.

—Uff... —resoplaba —, la sangre es esencial en muchos conjuros. Desde una gota de sangre de la menstruación de una mujer para mezclarla con la bebida de un hombre para que se enamore de ella, hasta usarla para mantener el espíritu de una persona atrapada en la tierra sin ascender al cielo como castigo.

—¡Vaya! —exclamé mostrando mi interés —¿Y todo eso se consigue con una sola gota de sangre?

—Bueno, para eso último se necesita algo más que una gota. Dicen que se ha de arrebatar a la persona toda la sangre antes de que muera del todo y conservarla en buen estado durante todo el tiempo que se quiera hacer sufrir al difunto.

Nuevamente noté cómo Ulises desviaba la mirada hacia mí.

—¿Y que hay sobre los espejos? También he leído algo sobre ellos.

—Los espejos son muy peligrosos —casi susurraba —. Pueden atrapar el alma de la gente, enfermarlos día a día cada vez que se miran en ellos, y hacer que vean el pasado para que les atormente.

—La verdad, es realmente fascinante —respondí, cambiando de tema —¿Qué sabe sobre los hijos de su prima Eulalia?

—¿Los chicos? —cambiaba a un gesto más distendido —Según tengo entendido no se llevaban bien con su madre. Por lo que Belinda me contaba. Yo solo los conocí de bebés. Pero no se más.

—Lógico, todas las familias que viven lejos unas de otras acaban separándose y pierden el contacto. Ocurre con todo tipo de relaciones —añadía Ulises.

—Por último, y con esto ya no la molestamos más, ¿sabe si su prima tenía enemigos?, ¿alguien que quizás su prima tercera Belinda le hubiese comentado alguna vez?

La mujer se encogía de hombros y miraba hacia un lado intentando recordar —No. Que yo sepa o recuerde, no.

—Bueno, doña Elba —sonreí y me levanté de mi sitio, a la vez que Ulises me acompañaba —. Le agradecemos mucho su colaboración y todo lo que nos ha contado. Tenemos su número de teléfono y hemos tenido el gusto de conocerla en persona, así que, en caso de necesitar alguna aclaración, nos pondríamos en contacto nuevamente con usted.

—Sí, sí, por supuesto. Ha sido muy agradable su visita a pesar de que el motivo sea tan penoso —decía mientras nos acompañaba a la puerta.

Nada más montarnos en el coche poniendo rumbo al hotel en el que teníamos reserva y alejarnos unos metros por el camino que nos había guiado hasta allí, Ulises quebraba el silencio que el convencimiento sobre brujería de aquella mujer había dejado en nosotros:

—Entonces, quizás no se hayan bebido la sangre, ¿no? Al menos es lo que yo había pensado al haber encontrado aquellas dos copas del vajillero con trazas de la sangre de la víctima.

—Joder ¿Habías pasado de la brujería al vampirismo? —reí relajando el ambiente.

Ulises también comenzó a reír. Estaba claro que éste, como cualquier otro crimen, era tan terrenal como todos los que anteriormente había investigado. Siempre había un asesino, un móvil material o emocional y una víctima, aunque mis sueños me perturbasen y me hiciesen dudar, y mis pensamientos se centrasen en aquel espejo roto, preguntándome si tras las palabras de la octogenaria y solitaria mujer quizás aquellos sueños eran de la víctima, y no míos.

Nichos de Paz

Iván Moncada

11

Al día siguiente, de nuevo nos echamos a la carretera de regreso a Madrid. No habíamos averiguado nada que no supiésemos ya, por lo menos relativo a lo mundano, ninguna de aquellas personas tenía un móvil ni remotamente lejano como para querer dañar a Eulalia García. Sin embargo, la parte oscura de la historia no había hecho más que ir *in crescendo* en mi mente, sobre todo cuando recibimos una llamada del equipo de vigilancia de los Boada. Habían averiguado qué habían comprado los hermanos en la farmacia. En concreto el hermano, Javier García, a quien le habían dispensado un fármaco llamado Heparina, un anticoagulante de la sangre, algo que yo conocía bien de cuando estuve en el hospital por culpa de Jaime Cruz, pues me lo inyectaban en la barriga todos los días. "¿Y si los Boada estuviesen en ese oscuro mundo de brujería y meigas?, ¿y si fueron ellos quienes drenaron la sangre de su madre hasta la muerte para hacer un conjuro y que ésta sufriese sin encontrar descanso eterno por cómo los trató de pequeños?" pensaba mientras Ulises estaba otra vez al volante, después de habernos cambiado en nuestra última parada de descanso en la que aprovechamos para comer, antes de llegar a comisaría.

A las tres y media de la tarde por fin llegamos a nuestro destino, y lo primero que hice fue llamar a Irene para avisarla de mi regreso y preguntar por mi querida familia. Nada más colgar saqué un mortífero café para despejarme del cansancio del viaje y después llamé a la científica para saber si habían encontrado alguna huella del usurpador que entró en la vivienda de la víctima con no sabía bien todavía qué intención, si borrar pistas, huellas, coger algo de la casa, dejar aquel puto cristal para que me cortase..., pero Juanjo, que nuevamente fue quien acudió al ático, me dijo que no encontró huella alguna, solo polvo de hierro junto al entonces emborronado símbolo y el espejo roto. Un fino polvo de hierro que la vez anterior no estaba y que con seguridad sabía que no se le podía haber pasado por alto. También, y como les pedí antes de salir, los compañeros llamaron y requirieron a la doncella que encontró a la señora sin vida aquella mañana para que revisase la casa de nuevo en busca de algo que hubiese sido susceptible de ser sustraído, pues si había alguien que podía dar cuenta de los objetos que hubieran desaparecido al haber pasado los últimos diez años limpiando allí, era ella. Pero todo parecía estar en su sitio y no faltar nada.

En el transcurso de aquel tiempo, Ulises había revisado la documentación de los requerimientos pendientes. Las imágenes de Aena y del hotel de Berlín por fin nos habían llegado. Pero allí estaban los dos, cogiendo el avión a las ocho y media la tarde anterior al día de autos, y registrándose en el hotel horas después. Su coartada era sólida, o al menos lo parecía hasta que recordé lo que nos costó levantar a la víctima del sillón en el que fue encontrada. Entonces entré en el ordenador y abrí el informe de Juanjo, yendo directamente a la hora aproximada de la muerte, donde ponía que:

Iván Moncada

"la hora de la muerte no puede ser definida con exactitud debido a la ausencia de sangre en el cuerpo de la víctima por haber sido ésta drenada afectando al rigor mortis, por lo que se establece que la muerte hubo sido causada entre un mínimo de doce horas y un máximo de veinticuatro horas teniendo en cuenta la lividez del cadáver y la rigidez de los músculos mayores"

Si teníamos en cuenta la hora a la que la doncella se fue y la hora de embarque de los hermanos Boada, quizás les hubiese dado tiempo a perpetrar el crimen eludiendo al portero tanto al entrar como al salir del edificio. Pero aun así no teníamos nada que les relacionase directamente con el homicidio.

Cansado, estiré mi espalda como pude sentado sobre mi caballo de batalla ergonómico. Las horas habían volado, eran las nueve menos veinte de la tarde y le dije a Ulises que se fuera a casa, que seguiríamos al día siguiente. Para entonces los muertos seguirían muertos y los sospechosos seguirían siendo sospechosos. Tanto revisar las grabaciones y leer informes, con la mente llena de brujería y polvos de hierro aparecidos de la nada, sumados al largo viaje de regreso, me habían dejado baldado. Acompañé a Ulises hasta la calle diciéndole que necesitaba un pitillo y que cuando lo acabase yo también me iría a casa para descansar del largo día, pero en realidad quería asegurarme de que ni él ni nadie estuviese cerca de mi mesa. Quería revisar con calma las imágenes que el de la GRECO me había enviado. Llevaba pensando en ello desde el día anterior.

Cinco minutos más tarde allí estaba, pegado a la pantalla de mi ordenador revisando las sesenta y dos fotografías que me

113

había enviado de veintidós individuos diferentes. Una a una las pasé despacio, hasta que por fin le vi. Allí estaba aquel desgraciado. Había cambiado mucho, tenía cara de adulto, estaba más gordo y tenía el pelo corto con mechas rubias, pero era él. Junto a las imágenes venía un informe capado en el que solo se mostraba la fotografía de una posible víctima de homicidio a la cual se había encontrado tirada en la cuneta de una carretera con la cara llena de hormigas dando cuenta de la putrefacta carne. Seguramente la GRECO tenía indicios de que aquel cadáver perteneciese a alguien a quien uno de los sospechosos de las fotografías hubiese asesinado, pero el tal Domínguez había sido precavido y solo me había enviado lo justo.

Lo que realmente me extrañó era que Alfonso Cruz no estuviese entre las fotografías. Si los dos se fueron a Barcelona tras lo de las Barranquillas y seguían compartiendo negocios, en algún momento los compañeros de la ciudad condal le habrían echado el ojo. Aunque quizás el agente de la GRECO se lo reservaba y sabía más de lo que yo quería. En cualquier caso debía andar con pies de plomo.

Directamente cogí mi móvil y le envié un mensaje al Guindas. Necesitaba saber más, necesitaba saber dónde vivía Jaime Cruz, necesitaba hacerle un seguimiento para encontrar el mejor momento, mi momento.

Acto seguido respondí al agente de la GRECO, diciéndole que había pasado mucho tiempo desde que estuviese en la comisaría de Villa y que no recordaba mucho debido a lo sucedido entonces, pues era consciente de que en los informes que mi ex comisario le había enviado rezaba que fui herido, por lo que tras revisar minuciosamente todas las imágenes no tenía un reconocimiento positivo para ninguna de ellas, sintiendo no poder ayudarle y quedando a su entera disposición.

Segundos después mi teléfono dio un tono avisándome de un mensaje de entrada. Lo abrí y leí. Era el Guindas, me enviaba una posible dirección en la que podría encontrar a Jaime Cruz. Era un supuesto desguace de coches en San Martín de la Vega. Uno de sus colegas chanchulleros le había comentado que había visto por allí al Diablo en diversas ocasiones la semana pasada. Por fin tenía algo con lo que comenzar a rastrearle. Solo necesitaba sacar el tiempo necesario para poder hacerlo. Lo que significaba más mentiras. Necesitaba ir a dormir y pensar. Me sentía angustiado. Tal y como lo estoy hoy, aquí sentado en campo santo.

Nichos de Paz

Iván Moncada

12

A la mañana siguiente mi cuerpo y mi mente estaban descansados. El sueño fue gratamente reparador, a pesar de que justo antes de que me despertase aquella puñetera pesadilla me asaltase de nuevo y tuviese que correr para salir de la tétrica casa. Tenía una insólita sensación de control a pesar de ser consciente de que podía estar siendo vigilado por los compañeros que andaban detrás del Diablo. Pero aquel era uno de esos días en los que te sientes bien y no sabes por qué.

Nada más llegar a la central el comisario me llamó, y presto subí a la tercera planta para saber para qué me requería. Tenía un nuevo caso de homicidio para mí, pero primero hablamos durante un rato sobre el caso de Eulalia García. Le comenté todo lo que habíamos averiguado después de visitar a la familia gallega de la víctima, que no era mucho debido a lo extravagante del asunto, informándole sobre los pasos que Ulises y yo habíamos seguido y las evidencias que Juanjo había encontrado en la escena del crimen. La vigilancia a los Boada seguía en pie y esperábamos que alguno de sus movimientos nos pudiese aportar nuevas vías de investigación. Eran nuestros principales sospechosos, pero hasta aquel momento no teníamos nada consistente, solo podíamos esperar.

117

Entonces el comisario me dio una dirección. A las seis de la mañana alguien había avisado a la policía al encontrar a una persona tirada en la calle sobre un gran charco de sangre. Un par de patrullas estaban ya en el lugar, habían acordonado la zona y llamado a la central para que enviasen al forense y a alguien de homicidios, por lo que bajé para buscar a Ulises y nos pusimos en camino.

Era hora punta en Madrid, por lo que nos llevó más de media hora llegar hasta nuestro destino, en el barrio de San Fermín. El cuerpo había sido encontrado en un descampado en donde los vecinos de la zona solían aparcar, cerca de la calle Antequera. Al acercarnos al cordón policial mostramos nuestra identificación y pasamos. El oficial que estaba junto al cuerpo nos informó de que no habían tocado nada, a excepción de la manta térmica que habían echado por encima para evitar que los curiosos vecinos mirasen o sacasen fotos desde los pisos colindantes que se alzaban alrededor del arenoso e improvisado parking.

—Bien, primero veamos las heridas de la víctima para intentar determinar con qué ha sido atacado o atacada y buscar el posible arma homicida sobre el terreno —le dije a Ulises a la vez que nos aproximamos al cadáver y levantamos la manta térmica.

En aquel momento el día se me estropeó y la sensación de control con la que había despertado desapareció súbitamente. Era Andrés. El Guindas. Le habían rajado el cuello de un lado al otro.

Iván Moncada

—¿Le conoce? —preguntó Ulises al ver la expresión de mi cara.

—No, no. Solo estaba observando el corte del cuello. Es muy profundo y va de un lado al otro paralelo a la línea de la mandíbula. Por lo que le debieron de atacar por detrás —disimulaba mi estupor.

—Registraré los bolsillos para ver si lleva documentación.

—¡No! —dije algo exaltado —mira por la zona a ver si localizas el arma que han usado, yo le registraré —me puse los guantes de látex.

Tal y como le ordené, Ulises comenzó el rastreo en busca del posible arma homicida mientras yo comencé a mirar en los bolsillos del cadáver. Era evidente que lo que quería y necesitaba encontrar era su móvil, ya que en él, aunque sabía que mi confidente era cauto y siempre borraba los mensajes, cuando los de la científica lo mandasen al área tecnológica éstos recuperarían fácilmente los mensajes y el listado de llamadas. Aquello me comprometía y me ponía en una situación delicada. No podía saber si le habían liquidado por intentar averiguar el paradero del Diablo para mí o si simplemente había sido alguno de sus negocios que había salido mal.

—Gracias a Dios —me susurré a mí mismo cuando lo encontré y con la habilidad de un carterista lo metí en una bolsa y me lo llevé al bolsillo cerciorándome de que nadie pudiese verme.

Iván Moncada

—El perímetro parece limpio, inspector —oí a Ulises que se acercaba por mi derecha —¿Está documentado?

—Sí —saqué su cartera del mismo bolsillo donde el Guindas llevaba el móvil extrayendo el DNI —. Se llamaba Andrés Delgado. Treinta y tres. De Madrid.

Ulises cogió la cartera después de ponerse los guantes y miró en su interior —Aquí parece haber un par de papelinas. Consumía. Además de casi sesenta pavos. Por lo que se debiera descartar el robo, ¿no? —sacó una bolsa de pruebas y lo metió todo dentro.

—Sí, supongo que sí. Quizás un ajuste de cuentas si andaba con drogas o puede que una disputa que subió demasiado de tono. Pero desde luego parece que le agarraron por detrás, un atacante diestro en este caso, clavando el cuchillo o navaja en el lado izquierdo del cuello de la víctima, penetrando profundamente y deslizándolo hacia la derecha a la vez que la presión disminuía y el corte se hacía menos profundo —le explicaba a Ulises lo que veía, pues Andrés tenía el cuello desgajado en la parte izquierda —. Además buscamos un arma con sierra o quizás un filo muy mellado. El corte no parece ser limpio. Mira la piel —le señalaba.

Ulises tomaba notas y comenzaba a mirar con sumo cuidado el cuerpo de mi confidente tal y como había aprendido en la academia y siguiendo las directrices que le había marcado en el poco tiempo que llevaba conmigo. Mientras tanto yo me puse de pie. Supongo que era por haberme escondido una prueba en la escena de un crimen, pero me sentía observado. Alrededor del descampado había gente que se paraba a mirar preguntando qué había pasado. Eran las ocho de la mañana y la gente salía a la calle para ir a trabajar o llevar a sus hijos al colegio. Algunas personas necesitaban coger sus vehículos, por lo que después de revisar meticulosamente la zona alrededor de cada uno de ellos les permitimos retirarlos.

Yo estaba inquieto. Todo aquel que se paraba a curiosear me parecía sospechoso y me quedaba mirándoles intentando imaginar si estaban allí para averiguar a quién le pasaba la información el Guindas. Me estaba volviendo algo paranoico con todo aquello. Por radio pedí un par de patrullas más de refuerzo para que se encargasen de los mirones. Necesitaba despejar la zona y mis ideas.

Al rato otro de los "Lupas" de la científica llamado Pablo llegó a la escena. Enseguida se puso manos a la obra bajo la atenta mirada de Ulises. Yo, sin embargo, me separé unos metros y me encendí un cigarro. Necesitaba relajarme, estaba ofuscado. Sin Andrés en las calles me sentía como un ciego al que le quitan su bastón. Pero en aquel preciso instante algo me inquietó todavía más. Cuando un teléfono sonó y me di cuenta de que no era el mío, sino el de El Guindas.

A escondidas lo saqué de mi bolsillo y de la bolsa con cuidado de no borrar ninguna huella y pasé el dedo por la pantalla para responder, llevándomelo al oído.

—¿Sí? —respondí sin dar más detalles, omitiendo que era inspector de la policía y aquel era el móvil de una víctima de homicidio, por lo que sería investigado.

Durante un par de segundos silencio era lo único que escuchaba al otro lado de la línea, junto con un leve respirar, hasta que la persona que llamaba dijo:

—Quien busca al Diablo lo acaba encontrando —y colgó.

En aquel momento pude notar cómo mi corazón se desbocaba y mi respiración se intensificaba. Compulsivamente comencé a mirar de un lado al otro, no eran sensaciones mías, alguien estaba observando y probablemente me había visto coger el móvil.

Entonces supe que la muerte de mi confidente no había sido un ajuste de cuentas o un negocio fallido, sino que había tocado la cuerda apropiada y había llegado a oídos de Jaime Cruz. Aquel bastardo había llegado hasta mí antes que yo hasta él, pero todavía me quedaban recursos. Le iba a encontrar y esparcir sus sesos por el suelo. Me daba igual que entonces fuese El Diablo o el mismísimo Lucifer. Nuevamente introduje el móvil en la bolsa y lo guardé.

Después de documentar la escena del homicidio y hacer el levantamiento del cadáver junto con el juez de guardia, nos fuimos a comisaría. Desde allí llamé a Juanjo para decirle que necesitaba verle, y le di trabajo que hacer a Ulises para mantenerle ocupado durante el resto del día revisando los casos que había pendientes. Tres cuartos de hora más tarde estaba en la central donde la científica tenía sus instalaciones.

Tras acreditarme cogí el ascensor y subí a la segunda planta en donde estaba el laboratorio de huellas, donde Juanjo me dijo que estaría. Nada más localizarle de entre las personas que estaban dentro de la pecera, golpeé con el nudillo el cristal que separaba el recibidor de la sala de laboratorio para llamar su atención. Enseguida salió.

—¿Qué pasa Julio?, ¿a qué se debe tu visita? Hace mucho que no venías por aquí.

—Ya ves, añoranza de tiempos pasados —sonreí —. No, necesito un favor —Juanjo arrugó las cejas ladeando la cabeza —. Ya sabes, de esos que no llevan un número de expediente adjunto —saqué la bolsa con el móvil del Guindas.

—¿Qué necesitas?

—Huellas, solo eso. Necesito encontrar a alguien para desatascar un caso —mentía.

—Ok. No hay problema, lo reviso y te digo quienes lo han tocado.

—¿Lo tendrás para la hora de comer? Pago yo.

—Ah, cuenta con ello entonces —sonreía sabiendo que comería gratis.

Iván Moncada

—Nos vemos luego entonces. Sobre las dos —dije mientras cogía nuevamente el ascensor.

Salí del edificio y me monté en el "K" poniendo rumbo a la zona de desguaces de San Martín de la Vega. El juego había cambiado drásticamente, Jaime Cruz y sus fieles perros lo habían cambiado queriendo jugar entonces al cazador cazado conmigo, pero lo que en realidad habían hecho era despertar a la bestia aletargada en mi interior. Ira y odio, es lo único que sentía en aquel momento. Pronto tendría las huellas del teléfono del Guindas y sabría quién o quiénes le degollaron. Solo era cuestión de tiempo, por lo que vigilar la dirección que Andrés me dio antes de que lo matasen era lo único que podía hacer hasta entonces.

Aquel gigantesco polígono industrial en el que el ochenta por ciento de las industrias eran desguaces parecía el supermercado donde iban a comprar piezas los productores de las películas de MAD MAX. Parcela tras parcela, cadáveres mecánicos se apilaban a la espera de ser despiezados poco a poco, como pasaba en los documentales de naturaleza con los saltamontes muertos a los que las hormigas cortaban y despedazaban para llevárselos hasta no dejar nada de ellos, pues todo es aprovechable. Sin duda una analogía comparable a la forma de ser de los humanos, donde incluso la destrucción y la muerte son negocio.

Con cautela, y dando rodeos mientras revisaba mi espejo retrovisor para asegurarme de que no estaba siendo seguido por nadie, por fin alcancé la dirección que me envió mi confidente. En apariencia por fuera era un desguace más. Coches colocados en hileras, personal del desguace desmontando partes de los vehículos, clientes curioseando dentro de los coches para ver qué les interesaba y qué no mientras regateaban con los vendedores. Pero casi seguro, la tapadera de algo más turbio si Jaime Cruz andaba por medio.

Lo mejor que pude, aparqué mi coche entre los otros muchos que copaban aquella calle del polígono para pasar desapercibido. Me puse una gorra y las gafas de sol que tenía en la guantera, y saqué mis prismáticos. El ajetreo de personas que visitaban toda aquella zona a diario era inmenso. Con disimulo y precaución, me centraba en aquellos que me parecían dignos de atención amplificando la imagen e intentando captar lo que decían por el movimiento de sus labios. Nada parecía fuera de lo normal, pero pronto apareció un patrón. En el lateral de la gran explanada llena de malogrados vehículos se erguía una nave rectangular en la que parecía estar el taller del desguace en donde se debía guardar las herramientas a un lado y las oficinas al otro.

La entrada de la oficina era claramente visible, con puertas de cristal con apertura automática, al igual que la del taller, grande y de robusto metal, de aquellas que han de ser corridas hacia un lateral para ser abiertas. Sin embargo, en medio de las dos había una pequeña puerta metálica de color verde que parecía ser una puerta blindada, por lo que pude ver las pocas veces que la abrían, pues su grosor y los pernos de los cerrojos así lo indicaban.

Las tres veces que habían abierto aquella puerta fue para dejar pasar a personas que, curiosamente, habían accedido al desguace pero que no parecían tener interés en recambios de coches en absoluto, pues nada más entrar pude notar que, con la mirada, buscaban a alguien en concreto mientras andaban de un lado al otro sin acercarse a los vehículos. En cuanto la persona a la que aquellos individuos miraban se daba cuenta de que alguien había venido a verle, éste se acercaba a la misteriosa puerta verde sacando las llaves de su bolsillo a la vez que les hacía un gesto con la cabeza.

Entre tres y cinco minutos era el tiempo que allí dentro permanecían. Como era evidente no podía saber qué era lo que hacían en el interior, quizás fuese un intercambio de estupefacientes, un punto de entrega de dinero ilícito, armas, quién sabía. Pero pronto lo pude averiguar cuando una nueva pareja entró y salió de allí y se dirigieron a su coche, aparcado justo al otro lado de la calle, algo por detrás del mío.

No hay nada peor que un camello que también consume y que pierde el control cuando tiene mucha mercancía encima. Moviendo ligeramente el espejo retrovisor pude ver que, nada más montarse en su coche, los dos individuos comenzaron a reír como gilipollas a la vez que agachaban y levantaban sus cabezas limpiándose la nariz poniendo cara de placer. Habían ido a comprar, y no solo unas dosis, pues tonteando y con el subidón del chute que se acababan de meter, el copiloto levantó lo que parecía un paquete de medio kilo al que le dio un beso justo antes de que arrancasen y se largasen de allí.

126

Media hora más tarde una nueva visita captó mi interés. Por supuesto no era algo que no hubiese visto antes, pero me extrañó el hecho de que moviesen ambas cosas en el mismo punto, algo poco habitual. Eran un gitano y un payo. Al gitano le reconocí enseguida, era uno de los que estaban con Fonso en el club. Aparecieron en un BMW del que el gitano bajó por el lado del conductor y el payo por el lado del acompañante, aparcando justo en la puerta de entrada a las instalaciones del desguace. Nada más verle, el tío que custodiaba la puerta verde se acercó para abrir y los tres entraron. Solo dos minutos más tarde salieron, y claramente al payo se le veía muy nervioso. Después el gitano se montó en su coche y se fue solo, mientras que el payo comenzó a andar por la calle, seguramente de camino a la parada de autobuses que había a las afueras del polígono.

Mientras andaba no paraba de mirar de un lado al otro girándose de vez en cuando hacia atrás y llevándose la mano a la cintura para comprobar que lo que acababa de comprar, y a lo que no estaba acostumbrado a llevar encima, todavía estaba allí. No sé para qué diablos querría aquel tipo pálido y escuálido una pipa, pero si la había comprado en la red de Jaime Cruz no sería para nada bueno.

Las horas pasaban y no había rastro de la persona que a mí me interesaba, pero al menos la información del pobre Guindas era buena. Entre los clubs y esto solo era cuestión de hacer troncha tras troncha hasta que apareciese y así poder seguirle, aunque quizás en un rato tuviese algo más con lo que localizarle con mayor efectividad, por lo que arranqué y me fui de allí. Tenía una cita con Juanjo.

Eran las dos y cuatro cuando Juanjo entró en el restaurante en el que alguna que otra vez habíamos comido, El Tamborilero. Yo ya estaba sentado a la mesa, tomándome una cerveza.

—Hola, Juanjo, ¿has podido hacerlo?

—Por supuesto —se sentaba.

—Entonces tendré que invitarte también a café —bromeaba con él.

Enseguida el camarero se acercó y pedimos de comer. Aquel sitio era conocido por su menú diario, barato y cuantioso, además de ofrecer buena calidad. Nada más irse el camarero Juanjo me pasó por debajo de la mesa la bolsa con el móvil que le había dado.

—Dentro te he metido un hoja con lo que he encontrado. He aislado huellas de tres personas distintas, solo dos tienen coincidencia en nuestra base de datos por detenciones. Una es de un tal Andrés Delgado Vélez, y la otra de Manuel Pérez Carmona. Es lo que te he podido conseguir.

—Más que de sobra, Juanjo. Con eso tengo suficiente para seguir la investigación —le agradecí.

128

Al momento nos sirvieron los platos y comenzamos a comer mientras nuestra conversación se fue desviando como siempre hacia los temas profesionales después de hablar durante un rato sobre cómo nos iba en lo personal y con nuestras respectivas familias. Lógicamente el caso del ático de Ayala copó la conversación. Lo extraño del drenaje de la sangre de la víctima, el símbolo debajo la cama, y la posterior intrusión.

—¿Entonces crees que han sido los hijos? —me preguntaba Juanjo.

—La verdad es que tenemos puesto el punto de mira en ellos. Entre las seis de la tarde cuando la doncella se marchó, y las ocho y media cuando embarcaron en el avión destino Berlín, tuvieron tiempo de sobra para asesinarla. Y según tu informe el rigor mortis coincidiría con esa franja horaria, ¿verdad?

—Desde luego que sí. Pero sigue sin haber pruebas indiciarias a tal efecto. Con eso no los puedes pillar.

—Lo sé. Les tenemos puesta vigilancia. Espero que cometan algún error antes de que me ordenen retirarla, solo nos conceden quince días de seguimiento para estos casos. Y a veces incluso menos —le comenté.

Justo en aquel momento, Juanjo estiró el brazo para alcanzar la botella de vino y servirnos a ambos un poco más del rico Ribera del Duero que habíamos pedido cuando éste dio con el codo al salero, tumbándolo sobre la mesa y esparciéndose algo de sal sobre el mantel.

Iván Moncada

—Mierda —dijo Juanjo contrariado.

Entonces, rápidamente dejó la botella de vino para recoger el salero haciendo un gesto que ya casi había olvidado que los supersticiosos hacían tras tumbar uno, que no era otro que el de sacudir el salero por encima de sus hombros esparciendo sal y así espantar a la mala suerte. En aquel preciso instante una imagen me vino a la cabeza. Era la imagen de la hija de la adivina de la Cuesta de los Ciegos, esparciendo aquel polvo negro por encima de sí misma y la fotografía del pentagrama que le mostré. Sus brillantes ojos pardos mirándome. Su ceño fruncido al ver la estrella. Y sus labios susurrando algo mientras lo hacía.

—Oye. ¿Lo que encontraste la segunda vez en el ático era entonces sólo polvo de hierro?

—Sí. Ya sabes, limaduras de hierro muy finas. A simple vista parecía polvo, pero como la linterna de mano que uso tiene un imán para poder fijarla, enseguida vi que el polvo era atraído y se pegaba en él. Quizás la persona que entró lo llevaba adherido a la ropa. Aunque había demasiada cantidad para que sea sólo eso. Estoy seguro de que lo esparcieron adrede.

—¿Esas limaduras también se podrían comparar? Quiero decir, ¿si te traigo otras limaduras podrías comprobar si son las mismas?

—Sí, por supuesto. Con el espectrómetro de masas puedo saber la composición detallada de las limaduras y saber si tienen la misma procedencia y pertenecen a la misma pieza de metal. ¿En qué estás pensando?

—Algo que me acaba de venir a la mente, quizás sea tan solo una tontería, pero por si acaso prefiero descartarlo —le respondí con la cabeza puesta en la vidente de las cartas.

—Perfecto. Tráemelo entonces y lo vemos —me animó.

Nuestra amena conversación continuó durante el resto de la comida tomando nuevamente un rumbo distinto al anterior y acabando hablando de cosas más banales. Tras el postre y el café, Juanjo y yo nos despedimos y él volvió al laboratorio. Yo tenía pensado ir a comisaría para averiguar todo lo que pudiese sobre aquel individuo que hubo tocado el teléfono de mi vilmente asesinado confidente. Seguramente revisó su teléfono para averiguar a quien le pasaba la información tras degollarle, dejando entonces sus huellas. Debía encontrarle, ya que si no era el asesino del Guindas, sabía quién lo había hecho, además de, probablemente, conocer el paradero del Diablo. Pero la imagen de la vidente echándose aquel misterioso polvo por encima me había atrapado y necesitaba ir a verla. Así que me desvié.

Eran las cuatro y cuarto de la tarde cuando una vez más tocaba a la puerta de aquel piso, solo que esta vez nadie vino a abrirla, estaba entornada, como si me esperase.

—¿Hola? —pregunté mientras pasaba.

Mis palabras no obtenían respuesta. El pasillo estaba a oscuras, tal y como la última vez que estuve allí. Según me

131

adentraba de camino al salón noté que el olor a incienso era algo más liviano de lo que recordaba, y la luz excesivamente tenue. La cocina, la cual dejé a mí izquierda, estaba vacía y con la puerta abierta.

—¿Hola? Soy el inspector Velázquez, ¿está en casa? —insistí.

Llegué al salón, también estaba vacío. Las gruesas y opacas cortinas tapaban las ventanas sin dejar pasar la luz del día, "quizás estuviese con alguien haciendo algún tipo de rito en las otras habitaciones" pensé. Sobre la mesa yacía aquel negro tapete de terciopelo, y las dos velas que de costumbre vigilaban sobre él estaban en las últimas, con una gran cantidad de cera derretida a su alrededor. Las cartas del tarot estaban esparcidas por la mesa y el suelo. Entonces anduve en dirección a las habitaciones cuando vi que la silla en la que ella se sentaba estaba tirada en el suelo. Rota.

Automáticamente saqué mi arma, amartillándola y apuntando en un solo movimiento. Lentamente abrí la puerta del pasillo de las habitaciones y comencé a registrar el piso. No había nadie en los dormitorios pequeños ni en el baño común, por lo que me dirigí con cautela al dormitorio principal. Allí tampoco había nadie, de hecho me extrañó lo normal que era todo para ser la casa de una adivina, una decoración como la de cualquier otra persona. Pero cuando entré en el baño de matrimonio me encontré con ella. Estaba en la bañera, tumbada de lado, vestida, y con los ojos abiertos mirando al infinito. Tenía una horrenda

Iván Moncada

marca morada y rojiza alrededor del cuello. Alguien la había estrangulado. Por lo que podía ver habían ejercido una gran presión con lo que parecía el cordón de unas cortinas, quizás las del salón, pues éste estaba todavía sobre su pecho, abrazando sus hombros.

Pensamientos confusos se amontonaban en mi cabeza "¿Sería aquello casualidad?, ¿algún cliente descontento?, ¿de alguna manera podrían estar siguiéndome y haber averiguado que estuve hablando con ella los mismos que mataron al Guindas y pensar que ella tenía algo que ver con todo aquello?" —¡Joder! ¡Me cago en la puta! —me dije a mi mismo mientras guardaba mi arma y sacaba un par de guantes de látex del bolsillo trasero de mis vaqueros.

Mientras me los ponía intentaba recordar si había tocado algo y valoraba si debería avisar a los compañeros. Era indudable que mi presencia allí sería fácilmente explicable, aquella mujer era la fuente que me explicó el significado del símbolo encontrado en la casa de Eulalia García, pero ya eran dos las personas que morían cerca de mí en menos de veinticuatro horas y empezaba a agobiarme un poco. Acerqué mi mano a su cuello para comprobar que no tenía pulso. Después la introduje por el cuello de su túnica para posarla sobre su pecho. Todavía no estaba fría del todo, no hacía demasiado tiempo que la habían asesinado.

Puede que la persona que la hubiese estrangulado no fuese tan cuidadoso como yo y quizás hubiera dejado huellas o restos biológicos. Aunque era indudable que con la cantidad de gente que había pasado por aquella casa el caos de huellas y rastros a seguir podía ser monumental. Pero finalmente decidí, como no podía ser de otra manera, llamar a los compañeros para que se pudiese llevar a cabo una investigación como Dios manda e intentar atrapar a aquel individuo aunque solo fuese por la ayuda que aquella muchacha y su madre me brindaron. Pero antes tenía que encontrar los dichosos polvos, necesitaba compararlos con los encontrados en el ático. Tenía el fijo convencimiento de que no podían ser los mismos, porque si así fuese sí que realmente no entendería nada de lo que estaba sucediendo. "¿Por qué la vidente a la que le enseñé el símbolo encontrado bajo la cama del ático de Ayala habría ido hasta allí para intentar borrarlo y romper el espejo del baño?" divagaba.

Haciendo cábalas en mi cabeza, volví sobre mis pasos y fui hasta el salón. Primeramente tenía que comprobar si los polvos que aquella adivina usaba eran limaduras de hierro, por lo que me vino a la cabeza la imagen de la cocina, en la que miré al acceder a la casa percatándome de la presencia de varios recuerdos magnéticos de viaje pegados en la puerta del frigorífico. Irónicamente elegí uno de Galicia, "Galicia Celta" ponía, sobre un símbolo redondo con líneas oscilantes. Acto seguido me acerqué a la mesa y lo pasé con cuidado sobre el tapete. No pude evitarlo. Un profundo suspiro salió de mi interior cuando le di la vuelta y vi todo aquel polvo pegado al imán.

Con la cantidad que tenía en el imán seguro que era suficiente para que Juanjo la examinase, pero sabía que por algún lado de la casa debía de estar la bolsita de la que ella lo sacaba.

Debía encontrarla, pero primero llamé a la central para informar del posible homicidio y a Juanjo para decirle que viniese, que había encontrado las limaduras de hierro que quería comparar.

Durante un buen rato busqué la bolsa de polvos negros, pero no la encontré por ningún lado. Poco después la furgoneta del depósito de cadáveres y dos coches patrulla llegaron al lugar, junto con Ulises, a quien también había avisado, y Juanjo, quien nada más entrar y ver la decoración de la entrada y el salón dijo:

—Te va lo rarito, eh.

—Es la casa de una adivina. Echaba las cartas.

—No sabía que te fuese ese rollo —bromeaba.

—No me jodas, Juanjo. La víctima está en la bañera, en el baño de la habitación de matrimonio. Es quien me dijo el significado del símbolo de Ayala.

—¿Y el polvo?

—Toma, lo he recogido de encima de la mesa. La vez que estuve aquí ella tenía una bolsa pequeña de la que lo sacaba y esparcía, pero no la encuentro por ningún lado —le respondí mientras le daba el imán del frigorífico con las limaduras adheridas a él.

En aquel momento Ulises entraba también en el piso.

—Inspector, ya estoy aquí. ¿Quién es la víctima?

—Es la mujer que me habló sobre el significado del símbolo de Ayala, pero la verdad no sé cómo se llama, ni siquiera se lo pregunté cuando estuve aquí. He venido a raíz del polvo que Juanjo encontró el otro día en el ático tras la intrusión, pensé que quizás sabría también su significado dado que ella también usaba algo parecido. Queremos cotejarlo —le expliqué, pidiéndole —¿Podrías revisar entre sus pertenencias para intentar identificarla?

—Sí, por supuesto —me dijo, añadiendo —los de vigilancia nos enviaron los movimientos de los Boada. Por lo visto ayer por la mañana Javier Boada fue de nuevo a casa de su tía Belinda, él solo, y su hermana estuvo todo el día en el centro de compras. Después los dos se reunieron aquí en el centro, en un piso que tienen en la calle Santa Clara.

—¿Santa Clara? —pregunté extrañado —. Eso está aquí al lado.

—Creo que sí, no lo he mirado en el callejero.

Por un momento tuve una de aquellas sensaciones que le ponían a uno la carne de gallina.

—¿Siguen todavía en ese piso?

—No lo sé. Hasta mañana por la mañana no nos enviarán el informe de lo que hayan hecho hoy. Si quiere puedo llamar e informarme.

Iván Moncada

—No, no te preocupes. Ahora me pongo yo en contacto con ellos.

Para despejarme un poco bajé a la calle a echarme un pitillo y aprovechar para llamar a la judicial y poder hablar con los agentes que estaban haciendo de sombra para los Boada. Tras un par de minutos desde que hablase con la central y pedir poder hablar con ellos, nos conectaron directamente desviando la llamada.

—Buenas tardes, soy el inspector Velázquez, quien lleva el caso de los Boada. Necesito, si es posible, que nos adelanten por teléfono el informe de las actuaciones de sus objetivos en el día de hoy, por favor.

—Buenas tardes, inspector. Soy el judicial Álvarez. Por supuesto que se lo adelantamos, deme un segundo —se oía cómo pasaba hojas de algún cuaderno o bloc de notas —a las nueve en punto de la mañana Maricarmen Boada salió del piso de Santa Clara cogiendo un taxi y desplazándose hasta Juan Bravo, a una clínica de estética. A las trece treinta y cinco nuevamente coge un taxi y se desplaza hasta el centro comercial Platea, en Goya con Marqués de Zurgena, encontrándose con otras tres mujeres para comer. Después, desde las quince horas, ella y sus amigas han recorrido diversas calles entrando y saliendo de tiendas de moda, al igual que hiciera en el día de ayer, y desplazándose más tarde hasta la calle Fuencarral donde siguen visitando tiendas. Su hermano Javier sin embargo todavía no ha salido del piso en todo el día.

137

—¿Están seguros de que Javier Boada no ha abandonado el domicilio en ningún momento?

—El edificio tiene dos entradas, pero ambas visibles desde el punto de vigilancia, por lo que es muy difícil que haya podido eludirnos.

—De acuerdo, muchas gracias, Álvarez. Si hay alguna novedad ruego nos avisen —me despedí pensando en que quizás me había precipitado conjeturando que Javier Boada podría haber estrangulado a la vidente.

Pero cuando subí de nuevo al piso algo me hizo cambiar de opinión, pues Ulises había encontrado los efectos personales de la víctima.

—Ella se llamaba Natalia Aldana Neira. He encontrado su carné de identidad y su móvil. Y mire esto —me indicó Ulises encendiendo el smartphone, el cual no tenía código de seguridad para acceder —. Tiene una aplicación de registro y grabación de llamadas, dispone de una línea ochocientos. Escuche ésta. Es la última llamada que tiene, es de ayer a las ocho y media de la tarde.

"—El tarot de Aldana, dígame cómo puedo ayudarle —se escuchaba la voz de la vidente.

—Sí. Necesito ir a verla. Necesito que me eche las cartas. Ha sucedido algo tan terrible que no sé cómo manejarlo y necesito consejo urgente —la voz de un hombre nervioso le respondía, con respiración profunda, palabras torpes y entrecortadas.

— *Muy bien. Encontraremos una solución. Venga mañana a las once de la mañana.*

— *Gracias. Allí estaré."*

—¡Joder! —exclamé —¿Es él? Parece él, ¿verdad? —pregunté a Ulises en busca de su opinión, pues podría haber jurado que aquel "algo tan terrible" con aquel timbre de voz me sonaba, y al reproducirme aquella llamada sabía que Ulises lo había notado, ya que fueron las únicas palabras que Javier Boada pronunció el día del interrogatorio.

—Es lo que me ha parecido. Más aun sabiendo que él está ahora mismo a tan solo cinco minutos de aquí.

—Según la judicial desde ayer no se ha movido del piso de Santa Clara.

—¿Les habrá dado esquinazo? —preguntaba Ulises.

—No lo sé. Al igual que no sé por qué lo habría hecho, si es que ha sido él. Todo esto no tiene ningún sentido —me llevé las manos a la cara para frotarme los ojos por un momento, estaba cansado.

—¿Cree que esta mujer haya podido ser quien pintó el símbolo en Ayala y le quitase la vida a Eulalia y Javier Boada lo haya averiguado y haya venido a vengar a su madre?

—¿Pero qué motivo tendría para hacerlo? No tenemos móvil ¿Y cómo podría haberlo averiguado Javier Boada?

—apunté a Ulises, prosiguiendo —. Necesitamos preguntar a los vecinos si han visto o escuchado algo. Hazte con una fotografía de Javier Boada y enséñala a ver si alguno le ha visto. Intenta conseguir también imágenes de cajeros y cámaras de seguridad de la zona a ver si hay suerte. Yo he de ir a comisaría a solucionar un par de asuntos.

—Ahora mismo me pongo a ello, si hay algo le informo —respondió a la vez que se echaba su móvil a la oreja para solicitar que le enviasen la fotografía de Javier Boada.

Directamente me fui a comisaría y me puse a buscar información sobre el nombre que me había dado Juanjo. El tal Manuel Pérez Carmona había sido detenido en diversas ocasiones por tráfico de drogas, atraco, robo y altercados en vía pública. Había pasado dos años en chirona repartidos en varios periodos por diferentes condenas. Su alias era El Chulo, y en su ficha venía una dirección de domicilio en Valdemingómez, zona que yo conocía perfectamente de mis años en la comisaría de Villa de Vallecas.

Luego llamé a Irene para decirla que no sabía si podría ir a casa a dormir, justo después de imprimir las fotografías de la ficha del Chulo y guardármelas en el bolsillo. Tenía que encontrarle, y no sabía que es lo que podría pasar. Aquellas palabras que oí a través del teléfono del Guindas eran una amenaza en toda regla, y no podía poner a mi familia en peligro, aquella gentuza no se andaba con bromas. Tenía que acabar con ellos antes de que ellos acabasen conmigo.

Eran las nueve y veinte cuando me puse en camino hacia la parte de la Cañada Real que pasaba por Valdemingómez, el nuevo hipermercado de la droga como antes lo fuera las Barranquillas. El sol se había puesto y la ciudad había sido engullida por la noche dejando vía libre a las alimañas como Jaime y Alfonso Cruz. Poco después estaba en una gasolinera que había en el desvío de la M-50 con la A3, donde aparqué mi vehículo para ir a pie y no despertar sospechas. Entonces me dirigí al maletero para coger la bolsa de deporte que tenía en la taquilla de comisaría y que había echado al coche dirigiéndome con ella al servicio de la gasolinera.

Los aseos estaban fuera de la gasolinera, en una pequeña construcción adyacente. Aquella estación de servicio era muy antigua, al igual que sus instalaciones. Uno de los dos fluorescentes del baño parpadeaba incesante mientras apoyado sobre el lavabo me miraba fijamente a los ojos a través del malogrado y ennegrecido espejo. Había llegado el momento. El momento de convertirme en una bestia sin escrúpulos ni alma como ellos, era la única forma de acabar con todo aquello para intentar encontrar la paz. Cuando encontrase al Chulo no habría vuelta atrás.

Bajo la atenta mirada de mi reflejo, me desnudé de cintura para arriba quitándome la camiseta negra que llevaba. Luego abrí la bolsa de deporte sacando mi chaleco antibalas y me lo puse. Nuevamente me vestí intentando disimular el chaleco poniéndome una camisa sin abrochar por encima de la camiseta. Para no dejar rastro de ningún tipo cogí mi arma reglamentaria y la guardé en la bolsa, cambiándola por una Glock de tamaño

141

reducido y gran potencia más fácil de esconder de la que me apropié en una redada que hicimos hacía más de dos años, junto con su silenciador. Revisé el cerrojo, la amartille y apreté el gatillo para asegurarme de que la aguja del percutor se movía libremente, comprobé que el cargador estuviese lleno, y me la coloqué a la espalda, en la cintura. Posteriormente cogí un cargador más y lo escondí en mi pierna izquierda, junto con el silenciador, tapándolo con el calcetín y cogiéndolo con una ancha goma textil para asegurarlo, al igual que hice con una pequeña pistola automática del veintidós cogiéndola de la misma manera en la pierna derecha, asegurándome de que el vaquero lo tapaba todo bien. De la bolsa también saqué mis guantes de intervención, fabricados con un material con alta resistencia a los cortes por arma blanca, los cuales me llevé al bolsillo trasero izquierdo de mis pantalones, y la barra extensible, la cual guardé en el derecho. Ya estaba preparado, eché un último vistazo a mi enrarecido rostro consciente de que cualquier cosa podría suceder aquella noche, e intenté ocultarlo lo mejor que pude con mi vieja gorra de "CAT". Dejé nuevamente la bolsa en el maletero y un par de minutos más tarde, tras saltar la valla de protección de la gasolinera, estaba andando por la Cañada Real.

Con un cigarrillo encendido, y simulando ese paso anodino y liviano con el que los yonkies van de un lado al otro como almas sin rumbo, me dirigí a mi destino pasando desapercibido entre el tumulto incesante de gente que iba allí a pillar su dosis y los camellos que a grito pelado y sin tapujos pregonaban el precio y calidad de lo suyo. Muchos se me acercaban para ofrecer,

Iván Moncada

pero enseguida pasaban de mí cuando les decía que ya había pillado y estaba pelado.

Pocos minutos después localice la supuesta vivienda del Chulo. Como se repitiese constantemente en aquellos lugares, las casas a un lado y al otro de la cañada eran siempre una el punto de venta de droga y la otra el centro desde el que se controlaba y dirigía el negocio. Obviamente El Chulo estaría en la casa de control, pero como era lógico había dos individuos en la puerta, casi seguro con pistolas bajo sus ropas y escopetas o incluso algo más sofisticado oculto tras las tablas de madera que había apoyadas junto a la puerta de entrada.

A una distancia prudencial me senté en el suelo simulando que me estaba colocando, meciéndome rítmicamente de adelante atrás mientras, con detenimiento, observaba la casa desde el filo de mi visera. Los vigilantes estaban bastante relajados, era miércoles, y a pesar de la cantidad de gente que transitaba aquel polvoriento camino no era nada en comparación a una noche de fin de semana, por lo que confiados en su potencia de fuego y bravura, charlaban alegremente el uno con el otro parando de vez en cuando para prestar atención a la casa de enfrente cuando alguien se acercaba a la ventanilla para comprar. No podía saber si El Chulo estaba dentro. Desde la calle no se podía ver nada a través de las ventanas, por lo que decidí dar un rodeo e intentarlo por la parte de atrás de la casa.

Me puse los guantes y de parcela en parcela trepé por varios cercados y vallas hasta acceder al jardín trasero de la casa del Chulo. El salón de la casa se veía desde las ventanas que había justo delante de mí. Las luces estaban encendidas, las ventanas y la puerta de acceso al jardín abiertas con las persianas a medio echar. Me acerqué un poco más hasta una de ellas y observé a través de los sucios cristales. Estaba allí, El Chulo junto con otros tres tíos. Hablando, riendo y bebiendo mientras contaban pasta sobre una mesa con papelinas y varias rayas en un espejo de mano cuadrado. No había planeado nada, pues no tenía información sobre sus movimientos y pautas de costumbres u horarios, es lo que tenía el estar solo, tenía que improvisar. Supuse que aquellos tíos deberían irse en algún momento de la noche, únicamente cabía esperar y tener la suerte de que El Chulo se quedase a solas. Seguramente fuesen parte de la cadena de distribución de la que sin duda El Diablo debía de ser el cabecilla.

La noche estaba despejada, había luna menguante, casi luna nueva, por lo que la completa oscuridad me cobijaba y me ayudaba a ocultarme. Mientras contemplaba expectante los movimientos de los individuos del interior de la casa saqué la pistola y enrosqué el silenciador. Si alguien me descubriese en aquel lugar no tendría más remedio que abrirme paso a tiros para intentar salir de allí con vida. Concentrándome en el movimiento de sus labios intentaba averiguar de qué hablaban, pero el volumen de las rumbas que escuchaban me lo impedía. Los minutos pasaban y el mismo ritual se repetía una y otra vez, trago de alcohol, seguido de una raya de coca, risas y palmas al son de la música. En un momento determinado, justo cuando la música paró por un instante, los acompañantes del Chulo se levantaron diciendo:

—Vamos a por unas niñas entonces, ¿cómo quieres la tuya? —reían

—A mí con las tetas grandes, jajajaja, ya sabes cómo las quiero —les respondía El Chulo, estirándose recostado sobre el sofá en el que estaba.

La música volvió a interrumpir, uno de los que se habían levantado se acercó a la mini cadena para darle al "Play" de nuevo a la vez que salían del salón para abandonar la casa e ir a por unas putas para culminar su celebración.

En completo silencio esperé hasta escuchar cómo arrancaban los motores de los dos vehículos que estaban aparcados frente a la casa y se iban. El Chulo se levantó y salió del salón. Parecía ir al baño, por lo que aproveché para meterme a hurtadillas dentro de la casa. Sobre la mesa en la que tenían el dinero y las drogas había una nueve milímetros a la que le quité el cargador y la bala de la recamara tirándolos por una ventana al jardín. Después me coloqué junto a la entrada del salón a la espera de su regreso para cogerle desprevenido. Entre el infernal ruido de aquella música horrenda oí el agua de la cisterna al tirar de la cadena. Me preparé.

—Si haces un solo ruido te dejo seco —le dije cogiéndole del cuello de la camisa, empotrándole contra la pared y poniéndole la punta del silenciador en la mejilla.

145

Su inmediata reacción fue levantar las manos a ambos lados de su torso mientras miraba el arma partiendo desde su cara hasta mi mano. Después me miró.

—Ahí tienes la pasta y la coca, compañero. Cógela y vete.

En aquel instante pude reconocer su voz. Fue él quien había llamado al teléfono del Guindas.

—No quiero tu puto dinero. Dime ¿Por qué has matado al Guindas?

Su expresión cambió completamente. Con la gorra no me había reconocido, pero enseguida lo hizo tras escuchar mis palabras.

—Tu eres ese poli que busca al Diablo —sonrió levemente —. Quien busca al Diablo lo acaba encontrando —me repitió a modo de burla mientras le mantenía encañonado.

—¿Dónde está?, dime como le encuentro.

Sonreía de nuevo —No te preocupes por eso payo. Él ya sabe de ti y pronto te encontrará, entonces la misma navaja que rajó el cuello del Guindas acariciará tu cuello —reía entonces abiertamente mostrando los dientes.

No parecía tomarse muy en serio que le apuntasen con un arma, supongo que por el cuelgue que debía de llevar, así que con la mano izquierda le tapé la boca y llevé la pistola a su muslo izquierdo disparando. Un grito intentó salir de su labios, pero amortiguado por mi mano y oculto entre el estridente guitarreo de la música pasó inadvertido para los dos tipos de la entrada. Nuevamente le puse el arma en la cara. Su respiración se tornó agitada y sus ojos se volvieron llorosos por el dolor.

—No me jodas con gilipolleces. He venido para que me digas dónde está Jaime Cruz —me acerqué a su oído para decirle mientras le enseñaba los dientes mostrándole mi rabia y determinación.

Entonces El Chulo dejó de serlo tanto cuando vio que no bromeaba y comenzó a agitar las manos ligeramente de adelante atrás pidiendo que esperase a la vez que asentía como podía con la cabeza.

—De acuerdo. Te voy a soltar la boca. Como intentes advertirlos no te va dar tiempo ni a parpadear.

—Vale, vale, vale… tío —repetía, mientras que por un segundo vi como sus ojos se desviaron hacia la mesa en donde estaba su arma.

—Dime su dirección y cuando puedo encontrarle allí.

—En el único sitio en donde sé seguro que suele estar es en las Torres, en la número ocho, el cuarto izquierda. Suele ir cada dos o tres días para ver a su hijo. Es la casa en la que está la madre. El resto del tiempo es difícil saber dónde está, siempre se está moviendo —ladeaba la cabeza—. Si vas allí no saldrás con vida. Si es que logras entrar. Ya sabe quién eres y porqué le buscas. Se lo sacó al Guindas antes de cortarle el cuello —echaba otro vistazo a su pistola.

—¿Y el desguace de San Martín?, ¿Cuándo va allí?

—No sé tío, El Diablo tiene muchos negocios, yo solo estoy al cargo de este, no sé más que lo que te he dicho —terminó diciendo, mientras el sudor de su frente y cara indicaban que seguramente se fuese a desmayar en cualquier momento, estaba perdiendo mucha sangre.

Por un segundo una especie de ataque de conciencia me llevó a cuestionarme lo que estaba haciendo, pero en aquel preciso instante oí dos frenazos de coches frente a la entrada, lo que me hizo girar la cabeza para mirar hacia la puerta. Aquel cabrón entonces chilló intentando alertar a sus compañeros a la vez que saltó hasta el sofá para coger su arma. No podía dejar que le oyeran, así que instintivamente me giré y le disparé en la cabeza, agachándome y dándome la vuelta nuevamente en un solo movimiento para ponerme de rodillas de cara a la puerta de entrada apuntando con mi pistola. No sabía si lo habían oído. Esperé unos segundos. Mi corazón parecía salirse del pecho. Pero entonces comencé a oír las risas de varias chicas y los portazos de los coches. Parecía que no se habían dado cuenta, pero tan solo tenía unos segundos hasta que entrasen, así que me levanté y salí por la puerta de acceso al jardín y comencé a trepar por donde había venido para salir de allí a toda prisa.

Iván Moncada

Había logrado alcanzar la calle que pasaba por la parte trasera de las casas que como un gamo había saltado de parcela en parcela en plena oscuridad cuando oí gritar a las chicas al ver los sesos del Chulo esparcidos por el salón y a los colegas de éste chillando alertando a los guardianes de la entrada. Sin mirar atrás rompí a correr mientras escuchaba a lo lejos sus coches haciendo ruedas para recorrer la zona en mi busca. Como la pólvora la voz de que uno de los negocios del Diablo había sido atacado corrió entre los puntos de venta de la Cañada y toda aquella maraña de gentuza se echó a la calle armados hasta los dientes exaltados y desconfiando unos de los otros, pues no sabían bien qué había pasado o quién había sido el autor. Gracias al desconcierto y el lío provocado tuve tiempo de huir campo a través dando un inmenso rodeo para ponerme a salvo y llegar hasta la gasolinera para montarme en mi coche y desaparecer del lugar.

Mientras conducía, tembloroso y con los nervios atacados, no paraba de mirar por el espejo retrovisor para asegurarme de que no me seguían. Lo había hecho. Me había cargado a un tío disparándolo a sangre fría. Podría decir que había ido demasiado lejos y que seguramente los remordimientos no me dejarían dormir durante el resto de mi vida, pero no fue así. Me sentía poderoso, sentía que estaba cerca de dar caza a Jaime Cruz y poder acabar con la angustia que durante tantos años había crecido hasta convertirse en auténtico odio. Durante un par de horas estuve conduciendo cambiando constantemente de rumbo, parándome a tomar una copa para relajarme y deshacerme de todo aquel subidón de adrenalina. Para cuando llegué

149

a casa Irene y Laura llevaban horas durmiendo, me desvestí y me metí en la cama.

13

A pesar de haber dormido a pierna suelta tras haberle arrebatado la vida a un hombre, mi paz fue de nuevo interrumpida por la dichosa pesadilla de la casa. Con la respiración agitada me incorporé sobre la cama. Miré al despertador. Aquellos dígitos grandes de color rojo que resaltaban de entre la oscuridad de nuestro cuarto cual ojos de un hambriento búho al acecho de su presa. Eran las seis de la madrugada. Solo había dormido un par de horas. Seguía sin comprender lo que soñaba, y menos aun lo que había visto en la pesadilla que había tenido aquel día. Todo lo que soñé era exactamente igual que las ocasiones anteriores, solo que aquella vez, cuando estaba mirando a aquella mujer que tenía el bebé sobre la mesa, no era la adivina que nos ayudó a resolver el crimen de la Cuesta de los Ciegos quien se me aparecía, sino su hija, diciéndome:

"– No has de tener miedo de esa mujer, sino de su hija. Ella es quien me ha matado."

Justo después, como hiciese su madre en mis pesadillas anteriores, me dijo que corriese y saliese de la casa antes de que las puertas se cerrasen.

Aquello era una locura. Estaba desconcertado y aturdido. No podía dormir más, así que me di una ducha y me puse ropa limpia, le di un beso a Irene, quien por un par de segundos se despertó para preguntarme si todo iba bien, y salí de casa.

Media hora más tarde estaba en el bar de enfrente de la comisaría. Pedro, el dueño, acababa de subir el cierre. No era la primera vez que yo o algún compañero estaba allí antes de que él abriera. Tuve que esperar un par de minutos hasta que el calderín de la cafetera se calentase para que pudiese servirme un café con leche bien cargado. Mentalmente recordaba lo que tan solo unas horas antes había sucedido, al igual que recordaba las palabras que El Chulo me había dicho. Entrar en las Torres era casi un suicidio, era perfectamente consciente de ello, pero debía encontrarle, pronto El Diablo relacionaría la muerte del Chulo conmigo si era cierto que mi confidente le había dicho por qué le buscaba.

Un repartidor irrumpió en el bar dando los buenos días y depositando una caja sobre la barra. Automáticamente Pedro la cogió y sacó tres porras poniéndolas sobre un plato para dármelas. Poco a poco asiduos al bar y más compañeros iban entrando, el tiempo pasaba rápido, tanto que enseguida dieron las siete y media, justo cuando noté mi teléfono vibrar. Era Juanjo. Los dichosos polvos de la vidente coincidían con los encontrados en al ático de Ayala.

—Buenos días, inspector —una voz se acercó a mí por la espalda. Era Ulises.

—Buenos días, Ulises. Mira —le mostré el mensaje de Juanjo.

Iván Moncada

Con un gesto de desconcierto abriendo los ojos preguntó
—¿Y por qué fue hasta Ayala para borrar el símbolo?

—La verdad es que lo único que se me ocurre es que tras enseñarla la imagen del símbolo lograse seguirme de alguna forma hasta averiguar dónde lo había encontrado. Debió ver en él algo que de seguro no me contó. Pero lo que te puedo asegurar es que era la primera vez que lo veía. Quizás se hubiese topado anteriormente con la persona que lo hizo, por lo del sello a modo de firma —apunté, sugiriendo—. Quizás tuviesen rencillas entre ellos por robarse clientes. Quién sabe. Lo que es seguro es que no se lo vamos a poder preguntar.

—Entonces descartamos que la vidente hubiese estado anteriormente en el domicilio de la señora Eulalia, ¿no? Pero sí que debía saber algo.

—Sigo sin ver que estuviese implicada en el asesinato. Aunque sí comparto la idea de que casi seguro sabía algo de alguien sobre lo que había ocurrido en el ático de Ayala. Debemos encontrar al que hizo esa llamada.

—Cierto. Tendremos que seguir la vía de investigación de los Boada. Los compañeros están recopilando todas las grabaciones de las cámaras cercanas al domicilio de la vidente como pidió. Hoy deberíamos también recibir la orden del juez para acceder al historial médico de Javier Boada, si no la hemos recibido ya. Para lo de la heparina —me recordaba Ulises.

Iván Moncada

—Es verdad —me levantaba del taburete sacando dinero para pagar mi desayuno y el café de Ulises —. Pongámonos en marcha.

Tal y como había sugerido Ulises, allí estaba la orden del juez, y tan eficaz como diligente, una hora más tarde Ulises tenía en su poder el historial médico de Javier Boada.

Enseguida hablamos con la científica para que nos indicasen si algunas de las pocas patologías que sufría Javier Boada era susceptible de ser tratada con heparina, y ninguna lo era, por lo que enviamos un coche patrulla para que, nuevamente, se personase en comisaría para declarar. Una hora más tarde el pequeño de los Boada estaba en la sala de interrogatorios, aunque aún tuvimos que esperar otra hora más hasta que su abogado acudiese, a quien le acompañaba su enfadada e histérica hermana, insolente e insistente en entrar con él a la sala, y a quien yo no podía dejar de mirar sin que me viniese la pesadilla y las palabras de la vidente a la mente. Como era lógico, a pesar de la coartada que ambos compartían, no le permitimos que lo hiciese, explicándole que a partir de aquel momento sus interrogatorios serían individuales.

—Buenos días, señor Boada, y letrado —me dirigí a ellos nada más entrar en la sala de interrogatorio, junto con Ulises.

—Según tengo entendido tanto mi cliente Javier Boada, como su hermana, también representada por mí, les explicaron y pusieron en su conocimiento en su primer interrogatorio que se encontraban fuera del país cuando sucedió el trágico suceso de la muerte de su madre. No veo el motivo para que el señor Boada tenga que comparecer de nuevo.

—Como puede imaginar, este requerimiento está basado en el hallazgo de nuevas pruebas. Principalmente, y bajo el consentimiento del juez, queremos tratar con su defendido el motivo por el cual el pasado ocho de agosto adquirió una caja de treinta dosis inyectables de heparina de sesenta centímetros cúbicos. ¿Tiene alguna enfermedad por la que necesite esa medicación en concreto? —miré directamente a los ojos de Javier, notando cómo aquello le pillaba por sorpresa, sin saber cómo o qué responder, mientras disparaba fugaces miradas a su abogado para que le echase un cable.

—¿Qué tiene que ver si mi defendido está enfermo y necesita esa medicación con el caso del asesinato de su madre?

—¿Lo está?

—No es relevante, mi cliente se abstiene a contestar —le miraba asintiendo con la cabeza.

—Bien, como sabrá el secreto de sumario es parcial y no puedo informarle de los pormenores de nuestra investigación, no obstante supongo que su cliente le habrá informado de lo siniestro de la muerte de su madre y de que alguien le extrajo la sangre del cuerpo hasta la muerte.

—¿Y?

—Si pudiésemos confirmar si usa esa medicación y para qué, podríamos descartarlo totalmente como sospechoso y no le volveríamos a molestar —dije, aclarando —, por lo menos para esta vía de investigación.

El abogado giró la cabeza para mirar a Javier, quien mostraba un excesivo nerviosismo. Después se acercó a él y comenzaron a hablarse al oído el uno al otro durante unos breves segundos, tras los cuales se incorporaron en sus sillas y Javier Boada comenzó a hablar.

—Esa medicación no es mía. Es de mi tía Belinda. Es una medicación que usa para evitar trombos en las piernas.

Algo sorprendido miré a Javier —Creía que tanto su hermana como usted no tenían trato con su tía.

—Bueno… —titubeaba —, mi hermana no lo sabe, pero yo si mantengo el contacto con mi tía. Es el único pariente cercano que nos queda.

Aquello era tremendamente extraño, más aún cuando la misma Belinda nos dijo que hacía años que no trataba con sus sobrinos. Estaba claro que deberíamos hablar con ella para despejar dudas, pero me dispuse a dirigir el interrogatorio por otra vía.

—De acuerdo. Hablaremos con su tía para confirmarlo y poder descartarle como sospechoso. Rogaría por favor nos indicase ahora dónde se encontraba ayer entre las once de la mañana y las cuatro de la tarde.

Nuevamente el rostro de Javier Boada cambió de expresión, pero esta vez no era nerviosismo lo que se apreciaba en él, parecía la cara de otra persona, la de alguien con mirada intensa y maliciosa que sabía perfectamente de qué le estabas hablando y de la que sólo cabía esperar que lo que saliese por su boca fuesen meros embustes.

—Precisamente estaba con mi tía Belinda. Fui a llevarla esas inyecciones y hacerla compañía un rato aprovechando que estaba solo y mi hermana había salido a pasar el día con unas amigas. —respondía complaciente.

—De acuerdo. También lo corroboraremos con su tía —le respondí consciente de que los compañeros que le seguían atestiguaban que no se había movido del piso de Santa Clara —. Bien, eso es todo. Esperamos no tener que requerirle más veces —terminé.

Ambos se levantaron y salieron de la sala reuniéndose con su hermana. Ulises y yo nos miramos.

—¿Entonces? —preguntó Ulises.

—Está claro que sabe que le seguimos, y es obvio que tiene alguna forma de entrar y salir de ese piso sin ser detectado, pues en caso contrario no hubiese dado la coartada de que estaba

157

con su tía Belinda. Sabe que la pregunta iba dirigida al asesinato de la adivina, lo he visto en sus ojos. Está jugando con nosotros el muy hijo de puta —me puse en pie—. Vámonos, visitemos a la tía Belinda. Aunque ten por seguro de que ahora mismo la estará llamando.

Salimos de comisaría y nos dirigimos al domicilio de Belinda García. Quien conducía era Ulises, pero aun así, cada vez que giraba a la izquierda podía ver perfectamente a través del espejo retrovisor del lado del conductor, percatándome entonces de que un Volkswagen Golf color oliva nos seguía a unos cincuenta metros de distancia. En cuanto salimos de la M-30 para coger la calle de Arturo Soria le dije a Ulises que parase en el primer bar que viese, que necesitaba ir al baño.

Ulises paró en doble fila al lado de una cafetería de un mini centro comercial, y yo bajé y miré disimuladamente hacia atrás a la vez que cerraba la puerta. Con paso calmado entré en la cafetería por el acceso directo de la calle, miré a través de los ahumados cristales del local para asegurarme de la posición en la que había parado aquel coche, y accedí al centro comercial por la entrada interior para dar un rodeo y salir a la calle lateral e intentar cogerlos desprevenidos. Dentro del coche había dos individuos, controlando el coche en el que Ulises y yo íbamos y la entrada de la cafetería. Entre la salida del centro comercial en la que estaba y el Golf había unos cincuenta metros y nada con lo que poder ir ocultándome para cogerles con la guardia bajada, por lo que decidí sacar mi arma y echar a correr hasta ellos procurando no llamar demasiado la atención, pero aquellos dos individuos parecían los perros de una reala, perfectamente entrenados para olfatear y divisar a su presa, dándose cuenta de mi aproximación y huyendo de allí a toda velocidad.

No pude alcanzar a ver más que eran dos varones de entre veinticinco a treinta años, aparentemente de tez pálida, con barba de varios días, gafas de sol y gorras. Estaba claro que Jaime Cruz ya habría relacionado la muerte del Chulo conmigo, quien sabía que había tocado el teléfono del Guindas cuando le mataron. Debía ser precavido, seguro que había puesto precio a mi cabeza. Ni yo ni mi familia estábamos a salvo.

Enseguida me acerqué al "K" en el que Ulises me esperaba. Entré y cerré la puerta.

—Ha visto esos dos gilipollas —comentaba Ulises, pues al estar en doble fila su coche pasó pegado al nuestro.

—Sí. El mundo está lleno de ellos —disimulé.

Ulises arrancó y proseguimos nuestro camino. Enseguida llegamos a la casa de la Tía de los Boada y llamamos a la puerta. Aquella mujer parecía sorprendida de vernos, con su cara regordeta y mirada amable. Cortésmente, como la última vez, nos invitó a pasar.

—Pasen, pasen, no se queden en la puerta —nos llevó hasta el salón —. Siéntense, ¿les apetece una taza de café? Lo acabo de hacer —un delicioso olor a café recién hecho invadía la casa por completo.

—No, gracias —respondimos ambos.

—Quisiéramos hacerle unas preguntas relativas a su sobrino Javier —directamente le pregunté antes de que se fuese a la cocina a por su café —Según nos dijo la última vez llevaba mucho tiempo sin hablar con ellos.

—Sí, bueno —se oía desde la cocina —, como siempre las desgracias unen a la familia aunque sea momentáneamente —regresaba y se sentaba con nosotros —. El viernes de la semana pasada vinieron a verme —acababa la frase apretando los labios con la barbilla temblorosa, casi rompiendo a llorar y llevándose la mano a la boca para evitarlo.

—Sí. Lo sentimos. Pero debido a la investigación que estamos llevando a cabo y no ser familiar directa no podíamos informarle sobre las condiciones en las que se encontró a su prima Eulalia.

La mujer asentía repetidas veces con la cabeza mientras mantenía la mirada a un lado intentando controlarse y no dejar salir el llanto.

—Pero según tenemos entendido, y su sobrino nos ha comentado, sí que suele visitarla asiduamente.

—Sí, bueno, Javier si viene de vez en cuando, lo que pasa es que a su hermana no le gusta que lo haga, por eso no se lo dije el otro día, no fuese a ser que ella se enterase —dijo con un gesto moviendo la cabeza aceptando haber sido pillada en una mentira

—. De hecho ayer mismo vino de nuevo, tenía que traerme una medicación que le pedí que me comprara —nos respondió convenientemente, como esperábamos que hiciese si había hablado con su sobrino.

—¿Cuánto tiempo estuvieron juntos?

—Pues déjeme que me acuerde... —pensaba —, creo que vino sobre las diez de la mañana y se fue a las cinco de la tarde más o menos. Se quedó a comer conmigo, le encanta comer el cocido que yo hago —apuntaba orgullosa sobre sus habilidades culinarias.

—¿Qué medicación es la que toma?, ¿tiene alguna dolencia o enfermedad? Si me permite que se lo pregunte.

—Son unas inyecciones para la sangre. Para evitar que me duelan las piernas, saben. Hace un tiempo se me hizo un trombo en la pierna izquierda, y eso es muy peligroso.

—Ah sí, cierto, se me había olvidado. De hecho su sobrino nos lo ha comentado esta mañana, pues tuvimos que hablar con él para proseguir con nuestras investigaciones. Esa medicación se la receta el médico, ¿verdad? —intentaba averiguar si era verdad, pues su sobrino las adquirió sin receta médica.

—Sí, bueno, el médico me las recetó hace tiempo, lo que pasa que como son muy caras y ahora estoy bien según los análisis, me las retiró. Pero a mí eso de los trombos me da muchísimo miedo, así que mi sobrino me las compra de vez en cuando para que me las pueda seguir poniendo. Pero por favor no le comenten nada a mí sobrina, o entrará en cólera si se entera de que su hermano además de visitarme me las paga.

—No se preocupe, esa información no es relevante para nuestra investigación y nadie se enterará —intentaba tranquilizarla, mientras estudiando su rostro procuraba discernir si sus palabras eran verdaderas o pura mentira.

—También hablamos con su prima tercera Elba —le dije, notando cómo su expresión cambiaba, desapareciendo la medio sonrisa que mantenía mientras nos había estado hablando de lo de su sobrino.

—Ah, la prima de Galicia, sí. Llevo mucho sin hablar con ella, durante algún tiempo mantuvimos contacto por teléfono —se llevaba la taza a la boca para sorber aquel aromático café y esperar a ver que diríamos sobre ella.

—Como es lógico en estos casos, debemos hablar con toda la familia para intentar averiguar lo máximo posible sobre su entorno, y ella también nos habló sobre lo de la maldición —le dije, mientras nuevamente asentía con la cabeza levantando las cejas levemente y tragaba —, además de comentarnos algo sobre una desaparición. La desaparición de... —miré a Ulises, a quien no le hizo falta echar mano de su libreta para recordar el nombre.

—Amelia.

—Sí, eso. Amelia —me dirigí de nuevo a ella mirándole directamente a los ojos.

—Sí, sí, creo recordar que alguna vez Elba me dijo algo sobre aquello. Pero solo como una mera anécdota, ya sabe, en los pueblos siempre hay chismorreos de todo tipo.

—Según nos dijo, se sospechó de la madre de Eulalia por su desaparición.

—¿De verdad? No sé si me lo contó, no lo recuerdo para serles sincera —daba otro sorbo.

Por un momento miré a Ulises y le dije —Vaya, ese café que me tomé antes me está matando —desviando después la mirada hacia la señora Belinda —¿Le importa si uso su baño?

—No, no, por supuesto. Está al fondo del pasillo —me indicó, señalando con la mano hacia el pasillo que daba a las habitaciones.

Hábilmente, Ulises se había dado cuenta de que quería ir a curiosear, por lo que comenzó a hablar amenamente con ella sobre temas intranscendentales. Yo me levanté y me dirigí al cuarto de baño. La decoración del pasillo era bastante espartana. Solo algún que otro cuadro con pequeñas imágenes de gente resaltadas sobre amplios paspartús que era de suponer serían de sus familiares directos, un par de ménsulas en las que había lo que parecían dos imitaciones de pequeños calderos gallegos de recuerdo, y un aparador sobre el que descansaban varias figuras de gatos. Adrede, abrí la puerta del baño con ímpetu y golpeé el

163

interruptor de la luz para que me oyese entrar desde el salón. Dejé la puerta entreabierta y me dirigí a las habitaciones colindantes y la principal. Quería saber si aquella mujer de semblante calmado y bonachón era lo que realmente parecía, pues después de haber visitado la casa de la vidente asesinada cuando era regentada por su madre, y posteriormente por ella, tenía cierta noción sobre qué buscar para averiguar si también andaba metida en aquellos temas y saber si solamente era la coartada de Javier Boada o si también pudiera estaba metida en el ajo.

En apariencia todo era bastante normal, aunque por otro lado pensé exactamente lo mismo de las habitaciones del domicilio de la adivina. En el cuarto principal los cuadros con fotografías eran más abundantes. Todas ellas de gente y lugares en los que parecían disfrutar del momento en el que fueron tomadas, pero nada fuera de lo común, por lo que tras echar un vistazo rápido volví al baño sigilosamente y tiré de la cadena para regresar de nuevo al salón.

—Muchas gracias por dejarme usar su baño —interrumpí la conversación que ella y Ulises mantenían.

—La señora Belinda me contaba sobre su infancia en Zaragoza —decía Ulises.

—Ah. Una mañica entonces —sonreí.

—Sí, aunque madrileña desde los dieciséis —apuntaba.

—Bueno, señora Belinda, debemos marcharnos ya. Nuevamente le agradecemos su hospitalidad y amabilidad atendiéndonos.

—No habré metido a Javier en ningún lío, ¿verdad?

—No, no se preocupe mujer, esto es igual que la primera vez que vinimos a verla. Rutina, simple rutina —sonreí nuevamente, poniéndome de pie.

Despidiéndonos de ella salimos de su vivienda y abandonamos el edificio.

—¿Algo interesante? —preguntaba Ulises sobre mi prospectivo paseo mientras andábamos de camino al coche.

—Nada fuera de lo común en la casa. Deberemos pedir orden al juez para acceder también a su historial médico y comprobar si su historia se sostiene. Déjame las llaves, yo conduciré mientras que llamas a los de la judicial que están siguiendo a Javier Boada. Infórmales de que creemos que el piso de Santa Clara tiene alguna salida por la que les están esquivando —le dije, pues conduciendo yo me sería más fácil saber si nos seguían sin que él se diese cuenta.

Una hora más tarde estábamos de nuevo en comisaría, y sorprendentemente ya teníamos las imágenes de los alrededores de la Cuesta de los Ciegos. De entre las muchas imágenes de cajeros automáticos y entidades bancarias, cámaras de seguridad de diversas tiendas, y las cámaras que conformaban la zona de Opera, logramos identificar a alguien que, hábilmente, cubría su

165

Iván Moncada

cabeza y rostro con un sombrero blanco tipo Panamá y chaqueta de lino a juego que, durante distintos intervalos de tiempo, parecía llevar una ruta que le situaba en las proximidades del domicilio de la vidente. Por su complexión y aparente estilo de vestir podría ser perfectamente Javier Boada, pero aquello eran conjeturas meramente circunstanciales sin sustento alguno. Aquel cabrón era listo.

Saliendo del flashback en el que sin saber bien por qué en este día de duelo me he sumergido, vuelvo en mí en el sobrio banco del cementerio sobre el que estoy sentado. Mi primo Francisco se ha sentado a mi lado, en la otra punta del banco. Por lo que veo la pesadez de misa campestre ya ha acabado, y los operarios del cementerio se acercan por uno de los caminos con una carretilla elevadora adaptada para subir el féretro hasta el nicho.

—¿Estás mejor? —pregunto a mi primo, quien se limpia las lágrimas con las manos y afirma con la cabeza.

En aquel preciso instante, como si los astros se hubiesen alineado para joder la marrana aquella mañana, la carretilla deja de andar y se bloquea. Desde donde estamos observamos que la máquina se ha hundido de un lado, parece ser que una de las losetas del camino se ha partido y ha cedido.

—No me jodas. No vamos a salir de aquí en toda la mañana —digo desesperado, mientras mi angustia aumenta sabiendo que estaremos allí durante todavía bastante más tiempo.

—De verdad que esto es increíble, no me lo puedo creer —dice Francisco levantándose y dirigiéndose hacia ellos, imagino que para ver si puede ayudar.

Supongo que lo lógico sería haber hecho yo lo mismo, pero hoy tengo un día jodidamente extraño, y sinceramente, aquello no era responsabilidad mía, aunque veo que Irene se gira hacia mí moviendo la cabeza de un lado al otro, disgustada y moviendo los labios, supongo que criticándome y despotricando como hace la mayoría de las veces.

Ante aquel importuno acontecimiento, el que parece ser el encargado del campo santo se acerca al cura y le dice algo al oído, y nuevamente éste comienza a hablar a los asistentes entonando uno de esos rezos estándar a modo de cántico.

—¡Qué barbaridad! —me digo a mí mismo, intentando disipar aquel malestar encendiéndome otro cigarrillo. Tengo el estómago vacío y siento hambre, así que pego una fuerte calada para engañar al cuerpo. Aunque quizás demasiado intensa, pues noto un aturdidor mareo que me manda directamente al punto en el que me hallaba antes de que mi primo me interrumpiese sentándose de golpe en el banco.

Recuerdo que, durante el resto de aquel día, no avanzamos nada en la investigación sobre el caso de Eulalia García. Debíamos esperar la orden del juez para corroborar lo que su prima Belinda nos había contado, mientras Juanjo se esmeraba en revisar todo lo encontrado en el piso de la adivina intentando sacar algo en claro que nos ayudase, pues como le comentase, aquello era una verbena de huellas y restos biológicos de los clientes que acudían a que les echasen las cartas. Yo, sin embargo, tenía mucho que hacer. Estaba marcado por El Diablo, un diablo tan terrenal como mortal, al que debía encontrar y aniquilar.

La psicosis y el miedo por lo que pudiese sucederle a mi familia si me seguían hasta casa se incrementaban por momentos golpeando mis sentidos y quebrantando mi serenidad. Sabía que nuestra nueva dirección no constaba ni tan siquiera en jefatura, pues tras conseguir el puesto de inspector de homicidios nos mudamos a un piso nuevo más grande y no declaré el cambio de domicilio. Decidí con Irene que el antiguo lo dejaríamos para que lo usase yo cuando lo creyese conveniente por nuestra seguridad y mantener así a la familia separada de los posibles efectos colaterales de mi trabajo. Cosa que hice en un par de ocasiones debido a la investigación de unos homicidios de unas bandas organizadas con las que era mejor no mezclarse, pero aquel era mi trabajo y mi vida.

Descolgué el teléfono y llamé a Irene.

—¿Sí?

—Hola, cariño, soy yo. Estoy en situación de riesgo —dije en nuestro argot familiar, dándole a entender que no podría ir a casa durante unos días.

—Joder, Julio. Me espanta cada vez que me dices eso. ¿No puede hacer lo que estés haciendo tú otro compañero? Casi te cuesta la vida una vez ¿O lo has olvidado?

—No pasa nada, cariño. Precisamente desde entonces sabes que mi prioridad sois vosotras, lo único es que me gusta ser prudente, ya lo sabes —intentaba calmarla mientras la oía suspirar al otro lado de la línea.

—Por favor, llámame todas la veces que puedas —decía resignada —. Espera, tu hija quiere hablar contigo —le pasaba el teléfono.

—Hola, papá. ¿Qué le has dicho a mamá? Ha puesto cara de pocos amigos.

—Sí, lo siento, princesa, pero estoy en una operación de riesgo, ya sabes.

—Ah, vale, ahora lo pillo —decía con retintín, supongo que mirando a su madre.

—No seas mala —le dije, pues sabía perfectamente cómo se las gastaba.

—Oye, el sábado iré con unas amigas a un concierto.

—Laura, ya sabes lo que hablamos sobre tantas salidas, creo que te estás acostumbrando demasiado a la vida nocturna.

—¡Papá, que ya no soy una cría!

169

Iván Moncada

—Ya lo sé, cariño, pero sé bastante mejor que tú lo que puede llegar a pasar por las noches. Créeme —me mordía la lengua para evitar decir que podrían estar en peligro y el verdadero motivo.

—Ya estamos como siempre, ¿puedo ir o no? —refunfuñaba.

Mi pequeña se había hecho mayor y yo la seguía tratando como a una niña, pero qué le iba a hacer, supongo que era deformación profesional. Además, si le fuese a pasar algo seguramente le pasaría aunque intentase protegerla, así que suspiré y la respondí —. Lleva constantemente el móvil encima. Y ya sabes lo que tienes que hacer si te ves en apuros, ¿de acuerdo?

—Síííí…. Papá —decía arremedándome con voz grave —Te quiero.

—Yo también. Pásame con tu madre.

—Dime.

—Ten cuidado, vale, cuida del fuerte hasta que llegue. Te quiero.

—Yo también a ti, ¡y llama!

—Ok. Un beso —me despedí.

Las horas pasaban y llegó la hora de irse a casa. Aunque aquel no era mi caso, pues tenía planeado ir a echar un vistazo a la dirección de las Torres que me dio El Chulo antes de que le volase la tapa de los sesos, por lo que lo primero que hice fue ir al parque de vehículos y solicitar un cambio de coche, ya que los que me siguieron aquella mañana obviamente se habrían quedado con la marca y matrícula. Necesitaba acercarme a él y trazar un plan para cogerle desprevenido, estaba solo y necesitaba ser muy cuidadoso con cada uno de mis movimientos.

Todavía era de día cuando me desvié por la carretera de Toledo a la altura de la antigua fundición para acceder a Villaverde, y de allí directo por el Paseo de los Ferroviarios hasta aquel barrio al que, sin duda, yo hubiese enviado un misil hacía tiempo para hacer una limpia como Dios manda y la sociedad pedía a gritos. Quería ver la zona con la luz del día, que era cuando menos peligro tenía pasar por allí, ya que a aquellas horas las calles de las Torres eran transitadas mayormente por mujeres, ancianos y niños mientras la jauría más peligrosa del lugar dormitaba preparándose para despertar con la noche y hacerse dueños y señores del lugar con sus sucios negocios.

El Ford fiesta que me habían dado era perfecto para deambular por aquel lugar, estaba sucio, con la pintura descolorida, y tenía unos cuantos abollones. A todo ello le acompañaba mi intento por no ser reconocido, con unas gafas con cristales sin graduar, una camiseta negra con publicidad de una ferretería de la calle de las Delicias sobre la que me puse una camisa algo raída de color marrón oscuro, y una gorra azul marino lisa tapando mi cabello. Directamente me adentré en zona comanche por Puebla de Sanabria, la calle más larga y la que pasaba por delante de

171

todas y cada una de aquellas torres en las que pocas eran las personas decentes que vivían allí. A pesar de ir perfectamente camuflado muchas eran las personas que se me quedaban mirando, aquello era como los pequeños pueblos del interior, en los que todo el mundo se conocía y sabían quién eras y qué coche tenías.

Después de conducir un rato por aquella senda que me había guiado hasta el mismísimo bastión del enemigo, llegué a la altura de la torre número ocho. Sin duda tenía que ser allí, pues en el portal había cuatro tíos vigilando, quienes enseguida se quedaron mirando fijamente mi coche y mi rostro. Disimulando seguí mi camino sin disminuir o aumentar la velocidad para no levantar sospechas, observando el lado contrario de la calle, en donde todo era campo. Sin duda iba a ser imposible que me acercase al edificio sin entablar un tiroteo, por lo que mi mejor baza era esperar a que cayese la noche y ocultarme en aquel agreste y vacío páramo que se extendía ante aquellas edificaciones con forma de estrella cuando eran observadas a vista de pájaro.

Volviendo sobre mis pasos fui hasta el Paseo de los Ferroviarios para aparcar y meterme en un bar a esperar que anocheciese. Después de varias horas y un par de cervezas amenizadas con un partido de segunda B que emitían por el plus, me dispuse a hacer aquello para lo que había venido. Salí del establecimiento y remonté la calle a pie hasta llegar a los límites de las Torres. La noche era cerrada y apenas veía nada, por lo que me adentré en medio del campo como pude y esperé un par de minutos hasta que mis ojos se adecuaron a la casi completa falta

Iván Moncada

de luz. Me llevó bastante rato remontar campo a través hasta llegar enfrente de la torre ocho, debía asegurarme dónde pisaba para no lesionarme, aquello estaba lleno de objetos desechados y basura en donde era habitual que los coches que robaban para hacer los alunizajes acabasen incinerados para así ocultar las huellas.

Los troncos de un par de árboles solitarios me hacían de parapeto en el que apoyarme para observar la entrada del portal con mis prismáticos a la vez que me ocultaban parcialmente. Conmigo había traído una chicharra, como lo llamábamos en el cuerpo, un localizador que normalmente se adhería a los bajos de los coches de los objetivos que queríamos seguir, ya que, si no podría acercarme al Jaime Cruz directamente, intentaría seguirle.

Las horas pasaban y aquel malnacido no aparecía. Eran las dos de la mañana y las calles de las Torres eran un hervidero de gente que iba a comprar objetos robados o lo que se terciase. Pero pronto mi suerte cambió. Como si de un jeque árabe se tratase, tres coches de alta gama de color negro con cristales tintados irrumpieron por la calle a toda velocidad parando en seco justo enfrente de la torre ocho. De ellos bajó un pequeño ejército de hombres que sin cesar miraban de un lado al otro para asegurar la zona. Después, del coche central bajó un hombre con pantalón de vestir oscuro y camisa de color crema que portaba en su brazo izquierdo lo que parecía un perro de peluche. Con precisión ajusté mis prismáticos y le enfoqué, era él. Era Jaime Cruz en carne y hueso. Fácilmente reconocible gracias a las fotografías que me envió el agente de la GRECO.

Nichos de Paz

En aquel momento hubiese dado la vida por un rifle para haberle volado la cabeza, pero no era lo que quería y necesitaba para saciar mi sed de venganza. Tenerle frente a frente y que viese mi cara y mirase a mis ojos antes de arrancarle la vida era lo que llevaba tanto tiempo esperando.

Su séquito le acompañó dentro del edificio, quedándose los tres conductores de los vehículos de pie junto a ellos, mientras que los que estaban de guardia en el portal permanecían inmóviles después de hacer un gesto con la cabeza al paso del Diablo. Desde donde estaba, y con tanta gente vigilando, simplemente me iba a ser imposible acercarme. Necesitaba una distracción, "¿pero el qué?" pensaba ofuscado, mirando de un lado al otro. No sabía cuánto tiempo tendría, así que decidí arriesgarme.

Casi reptando, salí de mi oportuno puesto de observación dirigiéndome hacia la hilera de vehículos aparcados al lado contrario de la calle en donde estaban los coches del Diablo. Me sentía como un ratón de campo en plena noche, observado por decenas de rapaces ojos a la espera de divisarme y saltar sobre mí para despedazarme, y no solo por la seguridad de Jaime Cruz, sino por la de todos aquellos que envidiosos de su éxito o meros espectadores de la opulencia y despliegue de su persona, observaban con atención y detenimiento cada vez que él se acercaba al barrio. Pero gracias a Dios, tras el ocaso, aquel mercado medieval del siglo veintiuno en el que se convertían las calles de las Torres era amenizado todas y cada una de sus noches con profanos espectáculos, el de hoy, una pareja de gitanos de la torre seis,

174

Iván Moncada

quienes salieron por el portal a grito pelado mientras la mujer corría a guantazos al marido por lo que parecía una infidelidad.

Rápidamente todo el mundo desvió su atención hacia la pareja, comenzando a reír y a hacer comentarios jocosos sobre la somanta de palos que el hombre recibía. Entonces me puse en pie saliendo de detrás de un coche y comencé a acercarme a los negros corceles de metal con sumo cuidado. La tensión que sentía era máxima, notaba cada latido de mi corazón en las sienes. Justo cuando me acercaba a la altura del coche en el que Jaime Cruz había llegado, la bendita distracción que me procuraba aquella pareja se intensificó al aparecer en escena la supuesta amante del hombre, comenzando entonces las dos hembras gitanas a pelear por su esmirriado macho, haciendo que la gente se acercase y se agrupase para disfrutar de la amena trifulca permitiéndome ponerme justo al lado del vehículo y, haciendo como que se me había caído un cigarro al sacarlo del paquete, me agaché y coloqué la chicharra.

En aquel preciso momento, el conductor del vehículo se percató de mi presencia y se acercó exaltado hacia mí con cara de pocos amigos, pero ya me estaba levantando y encendí el cigarro simulando un inconsistente vaivén con mi cuerpo como si estuviese colocado, y recibiendo como apercibimiento una patada de aquel individuo para apartarme de su flamante coche mientras decía —¡Tira pá yá, drogaó de mierda!

Torpemente me levanté del suelo siguiendo con mi actuación mientras aquel tipo se dio la vuelta y se unió a sus compañeros para seguir riendo y gozando del combate. Sin echar la vista atrás ni un solo momento me alejé de allí andando por la calle como uno más de tantos que transitaban el peligroso barrio de las Torres.

Iván Moncada

14

El nuevo día comenzaba algo resacoso para mí. No es que me hubiese ido de juerga, pero tras dejar el barrio de las Torres me dirigí a nuestro antiguo piso para descansar y pasar la noche, parando primero para comprar una botella de whiskey, pues necesitaba relajarme un poco.

Comedidamente aniquilé un cuarto de botella de litro de mi querido Johnnie Walker etiqueta roja, y no sé si fue por aquello, pero esta vez el recurrente sueño de la casa fue más intenso que nunca.

Esta vez, cuando salí apresuradamente de la casa, el sueño no acabó y no me desperté como de costumbre, sino que permanecí fuera de ella durante un buen rato. Nervioso y alterado por lo acontecido dentro comencé a deambular a su alrededor intentando ver a través de las ventanas buscando a la mujer y su bebé. Pero no percibía actividad alguna. En su lugar unas risas apartadas de mí captaron mi atención. Inquieto, anduve en busca de su origen hasta dar con ellas, justo al lado contrario de la casa, en la parte trasera, en donde unas enormes puertas con cristaleras estaban abiertas de par en par y daban a un jardín esplendoroso y lleno de vida. Sigiloso, rodeé el cuidado y moldeado edén desde el que se podía ver un embravecido mar al fondo para poder observar mejor sin ser visto. Guarecido tras unos arbustos con forma de paraguas observaba cómo la que parecía una siniestra bruja dentro de la casa vestía un

177

blanco atuendo veraniego mientras mecía un carrito de bebé de época inclinándose para hacer carantoñas a la criatura. La estampa era de lo más agradable y relajante. Una madre en compañía de su bebé en una tarde de verano disfrutando de la brisa y el agradecido sol. Pero había algo que me extrañaba y perturbaba, era como si ya lo hubiese visto antes, como si ya hubiese vivido aquel momento. Por un instante pensé que no habría peligro en salir de mi escondite y dejarme ver. Quizás pudiese entablar conversación con aquella mujer y averiguar por qué tenía aquel sueño. Pero al acercarme a ella, ésta se giró mirándome con odio diciéndome:

— Si te acercas a ella volveré de entre los muertos para atormentarte.

Fue entonces cuando me desperté con la sensación de haber corrido una maratón y haberme bebido la botella entera de whiskey.

Tras mi somnoliento devaneo, me levanté para meterme en la ducha. Necesitaba despejarme. Pero antes encendí el GPS para asegurarme de que la chicharra que le puse al coche del Diablo seguía funcionando. Allí estaba, intermitente y enviando su posición incesante, mientras el aparatito registraba todos sus movimientos desde que la activase. Acto seguido llamé a Irene y a Laura para decirles que todo iba bien y preguntar por cómo estaban ellas, diciéndoles que las quería y metiéndome directamente en la ducha tras colgar el teléfono.

Una hora más tarde estaba en comisaría, y Ulises me esperaba impaciente.

—Buenos días, inspector. Tenemos noticias de la científica. Han encontrado un par de cabellos con fijador en el domicilio de la adivina cuyo ADN concuerda con el de Javier Boada. Podríamos situarle allí.

—Sí, pero pudo haber ido allí en cualquier momento, no es suficiente para situarle en el domicilio de la víctima en la mañana del crimen —tiraba por tierra su entusiasmo—, ¿no hay nada en el cordón de la cortina con el que la estrangularon?

—No, Juanjo dice que sólo hay partículas de cuero teñido de negro. El asesino debía de llevar guantes.

—Mierda, entonces no tenemos nada.

—¿No podría servir la conversación grabada?

—Podría, de no ser porque el juez pedirá el informe de la vigilancia donde se atestigua que el sospechoso no abandonó el domicilio, además de que la grabación debería ser analizada por un experto y sigue siendo una prueba circunstancial. El que pidiese una cita con ella no implica su deseo de matarla.

—Sí, cierto —asentía Ulises, volviendo a su sitio.

Ambos nos sentíamos algo contrariados por la falta de pruebas para situar a Javier Boada en casa de la vidente, pues estábamos seguros de que si no fue él quien la asesinó, al menos estuvo aquella mañana en su casa. Aquella grabación, y ver cómo se reía en de nuestra cara, no hizo más que acrecentar nuestra convicción. Así que decidí que lo mejor sería que la propia familia nos ayudase con el tema.

—Ulises —le llamé.

—Sí, inspector.

—Haz venir a Maricarmen Boada —le dije, viendo por su expresión que entendía mi propósito.

—Enseguida —sonrió.

Dos horas más tarde, y en compañía de su abogado, María del Carmen Boada se presentó en comisaría atendiendo a nuestro requerimiento.

Dentro de la sala de interrogatorios, la frialdad de su mirada congelaba el aire mientras curiosamente nada más entrar y verla no pude evitar recordar las palabras de la adivina en la pesadilla diciéndome *"No has de tener miedo de esa mujer, sino de su hija"*. Sabía que no tenía sentido, las imágenes que veía era de una época demasiado lejana como para que aquel bebé pudiese ser la mujer que tenía delante de mí. Pero sus ojos y la intensidad con la que aquella mujer miraba me daban escalofríos.

—No sé por qué estamos aquí nuevamente, inspector —se apresuraba en la conversación el abogado.

—Lo siento, pero debemos aclarar cierto punto sobre el que anteriormente preguntamos a su cliente y vemos que es contradictorio.

Iván Moncada

—Díganos pues —suspiraba el letrado de coronilla descubierta y barba caprichosa.

—Bien. En nuestro último encuentro, señorita Boada, nos indicó que su relación, así como la de su hermano, con su tía Belinda era casi nula o inexistente, algo que también nos hizo saber ella en nuestro primer encuentro. Sin embargo, después de hablar con su hermano y su tía recientemente, nos han confesado que no es cierto, pues mantienen una relación más o menos cercana, ya que su hermano suele visitarla a menudo. He incluso se ofrece a comprarle unas medicinas que su tía necesita.

Instantáneamente la cara de Maricarmen Boada pasó de poder matar con la mirada a un estado de estupefacción que sin duda esperaba si era cierto lo que Belinda nos había dicho, aunque quizás no de aquella manera. Parecía como si al llegar a casa hubiese encontrado a su marido con otra en la cama. Sus ojos se tornaron vidriosos, a la vez que respondía:

—No creo que sea de su incumbencia la relación que podamos mantener o no con nuestra Tía —miraba a su abogado.

—Créame, lo único que intentamos es dar con el homicida de su madre —la tranquilizaba, a la vez que le preguntaba nuevamente en espera de alguna reacción más —. ¿Sabe si su hermano es asiduo de casas de clarividencia, cartas de tarot o ese tipo de cosas?

Inconscientemente se llevó la mano a la boca mientras bajaba la mirada y movía los ojos de un lado al otro, recordando

Iván Moncada

más que pensando, dejando ver ese efecto de decepción y frustración causado en la gente cuando se enteran de que algún familiar querido ha caído nuevamente en una ludopatía que ya creían olvidada.

—La señorita Boada solamente responderá a lo concerniente a su persona, por lo tanto les ruego que se abstengan de formular preguntas sobre nada distinto a su persona —intercedía el chupatintas.

—No te preocupes, Juan —le ponía la mano sobre el brazo a su abogado —. No sé si visita ese tipo de sitios, aunque sí sé que siempre ha creído en todo lo relacionado con ellos.

—¿Y usted?

Soltaba una sonrisa irónica a la vez que suspiraba —No, inspector. Eso es algo que solamente las personas de mente débil contemplan. Y yo no soy una de esas personas.

Su penetrante mirada había vuelto, y mantenía sus ojos fijos en los míos con rencor por quizás haber abierto alguna herida, mientras que yo no podía dejar de ver en sus ojos los de la mujer del sueño.

—¿Si no tienen más preguntas? —rompía el abogado aquel momento de silencio.

Durante los breves segundos en los que mantuvimos nuestras miradas entrelazadas recordaba inconscientemente a todos los parientes de la familia que visitamos en Galicia. Ninguno de aquellos familiares tenía una mirada tan intensa como la suya o como la de la mujer del sueño, y era algo que me parecía extraño, pues siempre ha habido ciertos rasgos genéticos que, a pesar de saltarse alguna que otra generación en una misma familia, siempre aparecen, como es el color de ojos o una mirada como aquella. Fue entonces cuando caí en la cuenta, el único miembro de la familia al que no habíamos visto era a la desaparecida Amelia o sus posibles descendientes.

—¿Qué sabe sobre la historia de la desaparición de un familiar suyo llamado Amelia?

—Historias. Eso es de lo único de lo que mi familia está llena, de historias —respondía levantando la ceja izquierda.

—¿Sabe si su madre pudiera tener entre sus posesiones alguna fotografía de esa persona?

—No. Sé que mi madre no tenía nada sobre la familia, precisamente mi abuela la instaba a olvidarse de sus raíces. Siempre le decía que no eran buena gente. Sin embargo, ya que ha sacado el tema, pregunte a la tía Belinda —decía irónica—. Tenía la fea costumbre de meterse en donde no la llamaban, y por lo que veo sigue haciéndolo. Recuerdo bien cuando éramos pequeños y sacaba los álbumes de la familia de mi madre que tenía en su casa para enseñárnoslos, tenía una buena provisión de fotografías antiguas que consiguió de nuestros parientes gallegos.

Aquello me dejó algo descolocado, debía ser yo entonces quien tenía cara de póker, pues si lo que Maricarmen Boada me contaba era cierto, su tía Belinda, aquella mujer de aspecto afable y cariñoso, mentía más que hablaba. Aunque era de suponer, si es que había sido capaz de mentir para dar coartada a su sobrino en un asesinato.

—Así lo haremos —le respondí, añadiendo —. No tenemos más preguntas por ahora. Muchas gracias por venir.

Con templanza abandonaron la comisaría, y le hice un gesto a Ulises para que llamara a los de la judicial y ordenase que la siguiesen y no la quitasen el ojo de encima. El cerco se iba estrechando, solo había que esperar la reacción de la mayor de los Boada, de quien estaba seguro que tomaría cartas en el asunto al enterarse de la relación que su hermano y su tía mantenían a sus espaldas. Mientras tanto tocaba esperar, pero teníamos motivos suficientes como para pedir una orden de registro para la casa de Belinda García, ya que parecía deliberadamente ocultar algo además de entorpecer nuestra labor policial habiendo, probablemente, cometido perjurio para encubrir al sospechoso del homicidio de la vidente. Y así lo hicimos.

Mientras que la orden llegaba nos ocupamos del resto de casos que llevábamos, entre los que estaban el de Andrés, mi exconfidente, y Natalia Aldana, la joven vidente que creíamos había muerto a manos de Javier Boada. Los datos recogidos por la científica en casa de la vidente, junto con la declaración de los vecinos más cercanos a su domicilio, ocupaban una carpeta bastante gruesa, por lo que se la di a Ulises para que lo revisara todo y ver si una mente tan analítica como la suya encontraba algo que hubiésemos pasado por alto, además de así disponer yo más tiempo para observar el dispositivo de seguimiento que le puse al coche de Jaime Cruz. Desde el día anterior aquel coche había recorrido un par de rutas que eran conocidas para mí, una era la que le llevaba hasta el desguace de San Martín de la Vega, y la otra la que le llevaba hasta el burdel de San Agustín de Guadalix.

Aquel punto parpadeante en la pantalla del GPS parecía el come cocos, no paraba de ir de un lado al otro, mayormente entre el noroeste de Madrid en Colmenar viejo, y el sureste en Ciempozuelos, donde hizo sendas paradas. Aquella maravilla de aparato anotaba la hora y lugar de cada parada, velocidad a la que circulaba y vías utilizadas, solo era cuestión de tiempo trazar un patrón de actividad. En dos o tres días sabría con un margen de error muy pequeño en dónde y a qué hora estaría, solo quedaba vigilar el lugar para estudiar la forma de evitar a su cuerpo de seguridad y poder acabar con todo aquello.

Con premura y disimulo escondí el GPS al ver que Ulises se acercaba a mi mesa. Habían pasado tres horas desde que le diese el expediente del caso de la adivina y parecía tener algo.

—Inspector. Creo haber encontrado el lugar en el que la vidente adquiría los polvos de hierro.

—¿De veras?

—Sí, he llamado a todas las tiendas esotéricas hasta dar con ella. Está en la calle Imperial, aquí en Madrid. Se llama La Alquimia de los Encantos, y conocían a Natalia Aldana, era cliente habitual.

—De acuerdo, salgamos a tomar el aire un rato —le dije levantándome de la silla.

Nuevamente era yo quien conducía a pesar de la insistencia de Ulises, quien parecía sentirse algo incómodo yendo de copiloto mientras su superior le llevaba de un lado al otro callejeando por el centro de Madrid. Enseguida llegamos hasta la pequeña tienda que estaba a escasos cincuenta metros de la Plaza Mayor. Su fachada y escaparate eran modestos, no así su interior, bastante amplio y a rebosar de todo tipo de artículos, libros de conjuros y magia, amuletos, velas para hechizos, y un sinfín de materiales esenciales para todo tipo de conjuros tal y como los carteles que colgaban de las estanterías decían. Aquello era un compendio de religiones y creencias, pues una gran parte de la tienda también la ocupaban imágenes cristianas y rosarios.

El local parecía estar regentado por dos mujeres de avanzada edad, una mayor que la otra, con cierto aspecto tétrico acorde a lo que allí se ofrecía; ambas con el pelo muy canoso; espaldas ligeramente arqueadas; miradas difuminadas; y cierto parecido físico entre ellas, seguramente siendo familiares. Las dos nos miraron de reojo mientras atendían a una mujer que a todas luces parecía un cliente asiduo, pues les hablaba con confianza dirigiéndose a ellas por sus nombres y pidiendo el material que había ido a buscar con soltura mirando hacia los estantes en donde sabía que estaban colocados.

—Se llama La Bruja Paula —se acercó Ulises a mí para susurrarme —. La he visto alguna vez mientras hago zapping por las noches. Sale en esos canales cutres en los que constantemente están emitiendo el tarot —se refería a la mujer que estaba adquiriendo los productos.

La tal Paula no tardó mucho en ser despachada, acarreando una gran bolsa con variedad de artículos mientras se despedía de las tenderas y abandonaba el local.

—Buenos días, él es el inspector Velázquez y yo el subinspector Ulises. Hablé con Luisa hace un rato sobre uno de sus clientes, Natalia Aldana.

—Sí, yo soy Luisa —decía la más joven —, y ella es mi madre Carmen.

—Como le comenté, estamos llevando a cabo una investigación y necesitamos saber cuál es el uso de los polvos de metal que la señorita Natalia adquiría en su negocio.

—Está muerta ¿verdad? —soltó la anciana madre.

Ulises y yo nos miramos antes de que le preguntase —¿Por qué dice eso?

—Soy vieja, no tonta.

—Madre, no sea ruda. Son policías y hay que responder a sus preguntas —llevó la mirada hacia nosotros con un movimiento de cabeza, disculpando la forma directa que su madre tenía al hablar —. Natalia era un cliente habitual. El polvo de metal proviene de calderos en donde se han hecho conjuros. Si los conjuros eran de protección o magia blanca, protegen a quien se le esparcen por encima y ahuyenta a los malos espíritus. Si eran conjuros de magia negra para hacer daño, hacen justo el efecto contrario. Vendemos ambos.

—¿De cuáles solía comprar Natalia?

—Ella solo compraba los de protección. Era contraria a la magia negra.

—La culpa es de aquella mujer —interrumpía nuevamente la madre, mirando a su hija —. Ya te dije que no me gustaba.

La hija cerraba los ojos poniendo cara de disgusto.

—¿Qué mujer? —pregunté

—No se preocupen, son cosas de mi madre —le quitaba importancia —. Normalmente hay gente que se acerca a nuestra tienda en busca de consejo, y según lo que necesiten, nosotras les damos los datos de alguno de nuestros clientes para que les visiten y solucionen sus problemas.

—Continúe, por favor.

Iván Moncada

—Hace unas semanas una mujer nos visitó pidiendo información sobre si conocíamos a alguien que pudiese hacer un hechizo de protección para un familiar suyo al que creía en peligro. A lo que se refiere mi madre es que, ya saben, hay gente más aprensiva que otra, y cuando vienen, a muchos se les nota el estado de ánimo o nerviosismo por lo que les está pasando o creen que les está pasando. Sin embargo aquella mujer parecía fría y no creyente en todo aquello en lo que nosotras y nuestros clientes creen. Aun así, por lo que decía, que pensaba que una bruja estaba doblegando la voluntad de ese familiar, consideramos que Natalia sería la más indicada para ello, pues además pedía la máxima confidencialidad y discreción.

Nuevamente Ulises y yo nos miramos.

—¿Sabe su nombre, o podría describírnosla?

—Le rondaba el diablo —de nuevo metía baza la madre.

—No nos dijo su nombre —miraba de reojo a su madre—, ni tampoco se lo preguntamos, claro, pero era una mujer bastante alta y delgada, bien vestida, con un cuerpo esbelto y bien moldeado, melena corta con el pelo rizado de color rojizo. No sé si eso les ayuda.

La descripción sin duda podría ser la de Maricarmen Boada, pero aquella misma mañana nos había dado a entender que no creía en aquellas cosas, así que, "¿por qué iba a haber acudido en busca de alguien que pudiese hacer hechizos?" pensé. En aquel momento, Ulises me indicó con la mirada una de las

Iván Moncada

esquinas del local, sobre una vidriera llena de piedras del poder, por lo que ponía, y sobre la que una cámara de seguridad casi oculta por completo enfocaba hacia donde estábamos.

—¿Tienen cámaras de seguridad? —pregunté.

—Ah, no, lo siento. No está conectada. La instalamos hace ya mucho tiempo, pero al tipo de clientes que vienen no les gustaba. Así que desconectamos el aparato que grababa y pusimos cosas delante para que no se viese y así evitar tener que pagar también porque nos la desinstalasen.

—Ya te dije que no te gastases el dinero en eso —refunfuñaba la madre.

Aquello había entorpecido el poder averiguar en el mismo momento si la persona que requirió aquellos servicios de magia era Maricarmen Boada, pero solamente era un mero inconveniente, pues tras agradecerles que nos hubiesen atendido y decirles que volveríamos con unas fotografías para intentar identificar a aquella mujer con su ayuda, le pedí a Ulises que llamase a la judicial para que tomasen un par de fotografías de su objetivo y nos las enviasen.

—¿Cree que quizás fue Maricarmen Boada quien pudiese haber pedido a la vidente que fuese a casa de su madre porque sabía que le estaban haciendo brujería? —me preguntó Ulises de camino al coche.

190

—La verdad es que no lo sé. Estoy tan desconcertado como tú.

—Quizás era su hermano quien puso el símbolo debajo de la cama para acabar con su propia madre, y cuando descubrió que éste no surtía efecto porque la vidente había ido para deshacer el conjuro, mató a su madre con sus propias manos y luego a la vidente para no dejar cabos sueltos —teorizaba hábilmente mi sagaz ayudante.

—Podría ser, pero déjame que te pregunte. ¿Por qué volver para borrar el símbolo y esparcir los polvos de metal si ya habían asesinado a la señora Eulalia? —Ulises se quedó en silencio, pensativo, intentando encontrarle sentido mientras nos metíamos en el coche y poníamos rumbo a comisaría.

Para cuando llegamos a la central era la hora de comer y fuimos directamente al bar de Pedro. Una ensalada mixta y un filete de ternera con patatas llenaron mi famélico estómago, acabando con un tostado y rico café solo, que distaba un mundo del que escupía la endiablada máquina de comisaría. Eran las cuatro de la tarde cuando entramos en nuestros boxes y nos sentamos en nuestras mesas. Ulises tenía en la bandeja de entrada de su correo las fotografías de Maricarmen Boada que la judicial había tomado. Una de frente mientras iba cruzando la calle, y otra de perfil mientras caminaba por la acera. A su vez se adjuntaba el informe de las actividades de los Boada durante el transcurso de la mañana, cada uno por su lado hasta la una y media, y después juntos para comer en un restaurante en Lagasca. Luego ella cogió

Iván Moncada

un taxi que la llevó hasta su domicilio habitual en Torrelodones, y él otro que le llevó hasta la casa de su tía Belinda.

—¿Vamos de nuevo a la tienda esotérica con las fotos? —me preguntó Ulises.

—No —respondí —, ahora que sé que Javier Boada está en casa de su tía quiero ir a Santa Clara e investigar por dónde pudo haber salido sin que la judicial le viera e intentar reconstruir el camino por el que fue hasta la casa de la vidente. Acércate tú y enséñales las fotografías. Llámeme con lo que sea —le pedí.

Conforme, Ulises imprimió las fotografías y abandonó la central, al igual que hice yo justo detrás de él, poniendo rumbo al escondite desde el que estaba seguro que Javier Boada se desplazó para perpetrar el asesinato de Natalia Aldana. Media hora más tarde estaba en Santa Clara, dejé el coche estacionado en la Plaza de Santiago, frente a la parroquia de Santiago y San Juan, desde donde empezaba aquella calle y se prolongaba hasta la de Vergara, y me desplacé hasta el número tres a pie. Al llegar al portal la puerta estaba abierta, por lo que entré para inspeccionar el lugar. Era un edificio antiguo de angosta entrada y escueto acceso a las escaleras de acceso a las viviendas. Al fondo del pasillo había una puerta en la que rezaba un cartel que decía "Cuarto de Contadores". Estaba cerrada con llave. Con detenimiento subí por las escaleras hasta el cuarto piso, buscaba un posible acceso al exterior por el que pudiese haber salido. Pero no parecía haber nada. Lo único que había allí era la trampilla de acceso al tejado, la cual estaba a unos dos metros y medio de altura, por lo que de ser el lugar por el que Javier hubiese salido tendría que haber dejado una escalera a la vista de todos, siendo una opción poco probable.

Nuevamente bajé las escaleras revisando todo a mi paso, girándome y quedándome mirando a la puerta de los contadores al llegar a la planta baja, cuando una voz a mi espalda reclamó mi atención.

—¿Puedo ayudarle? —preguntó una mujer mayor, mientras sostenía un felpudo en la mano.

—Hola, buenos días. Estaba buscando a un amigo, pero no está en casa. ¿Es usted de la finca?

—Ah —movía la cabeza no muy convencida —. Sí soy de aquí. Soy la portera. ¿Cómo se llama su amigo?

—Javier —respondí —Javier Boada.

—Ah, el señor Boada —cambiaba el gesto sonriendo —. Lo siento, pero es que de vez en cuando se cuela algún curioso para intentar ver la vivienda en la que el escritor Mariano José de Larra vivió y se suicidó.

—Ah, sí, por supuesto, Larra, claro —sonreí —. La gente se mete en todos los lugares, y más en sitios con historia como este —pensaba mientras respondía —. La verdad es que es un fastidio que Javier haya salido, porque le había dicho que pasaría a verle el contador, ya que soy técnico de aparatos de medición de Iberdrola y me comentó que había notado un incremento en el consumo bastante irregular. Ya sabe, muchas veces se rompe o desajusta el contador y cuando el consumidor se da cuenta ya no puede reclamar lo que le han cobrado de más. Pero qué le vamos a hacer, no sé cuándo tendré tiempo para volver a acercarme.

—No, no, no se preocupe si es por eso, yo tengo la llave del cuarto de contadores, enseguida le abro para que pueda revisarlo. Sé que el señor Boada es una persona muy ocupada y no quisiera importunarle pudiendo haberle dejado pasar yo y no haberlo hecho estando usted ya aquí —se daba la vuelta para entrar en su casa y coger la llave del cuarto de contadores.

—Pues la verdad es que se lo agradezco muchísimo. Le diré a Javier lo amable que usted ha sido.

—No lo merece —decía sonriente mientras se acercaba a la puerta y la abría, dándose cuenta de algo—. ¿No necesita herramientas?

—Ah, no —me echaba la mano al bolsillo para sacar el móvil—. Aquí está todo lo que necesito, ahora todo lo hacemos con el teléfono y una aplicación de la compañía para ver si los pasos del contador son correctos y están sincronizados.

—Madre mía, ustedes los jóvenes lo hacen todo con los dichosos teléfonos —levantaba las cejas resoplando.

—Sí, es cierto. La verdad es que no sé qué sería de nosotros sin estos aparatos hoy en día —elevaba los hombros

Iván Moncada

gesticulando a modo de afirmación a su comentario —. Ya que estoy echaré un vistazo al resto de los contadores del edificio, pues no me cuesta ningún trabajo y no me llevará mucho, así que si quiere siga con sus tareas, dejaré la puerta entornada para que nadie entre —le dije, asegurándome de que no estuviese observándome.

— Ah, maravilloso. Porque si falla uno, a saber cómo están el resto — se retiraba para proseguir con sus quehaceres.

La estancia del cuarto de contadores era bastante amplia, casi más que la entrada del portal. En la pared del lado derecho estaban los contadores del agua, sujetos por un sinfín de complicadas estructuras de tuberías que los sostenían en vilo con la apariencia de estar flotando en el aire, y en la de enfrente, tras los cubos de basura con ruedas que seguramente aquella mujer sacaba a diario a la calle al paso del camión de recogidas, se erguía una pared a la que cubría un gran armario metálico protegiendo los aparatos que median el consumo de luz. Con cuidado abrí las puertas para que, si la portera entraba, pudiese cerciorarse de que los estaba revisando tal y como dije, retirando los cubos para conseguirlo. Aquel cuarto no parecía tener salida, sin duda, pero mientras dejaba pasar el tiempo para que aquella amable mujer no sospechase, noté cómo la puerta que había dejado entornada se abría y cerraba levemente al paso de una corriente de aire.

Instantáneamente saqué el mechero de mi bolsillo y lo encendí. Como un espeleólogo en busca de una salida por la que escapar tras un derrumbe, fui desplazándome por la estancia hasta encontrar la procedencia de aquella leve corriente de aire.

195

Estaba detrás de más cubos de basura, unos cubos vacíos y apilados que había al lado derecho del armario de los contadores.
Sin armar demasiado estruendo los moví encontrando un hueco
de un metro de alto por medio de ancho que daba a la parte trasera de la pared que sostenía el armario de aquellos dispositivos
que median implacables el consumo de electricidad. En aquella
oculta estancia había una puerta, una antigua puerta de madera
a la que le habían puesto una cerradura que nada tenía de antigua. Intenté abrirla, pero sin la llave era imposible.

Tras mi frustrado intento por abrirla, hice un par de fotografías con el móvil y salí de detrás de aquella pared con doble
fondo colocando los cubos en su sitio. En aquel preciso momento
la señora entró.

—¿Necesita usted algo? —preguntaba a la vez que abría
la puerta —. Yo no entiendo de esto, pero soy muy bien man-
dada.

—No, no, no se preocupe —sonreí girándome —, ya he
acabado de hecho. Y la verdad es que todo está bien, tendré que
decirle a Javier que el contador no es el problema, quizás sea algún aparato eléctrico de casa que tenga algún mal
funcionamiento y le esté consumiendo más de lo debido.

—Vaya, que pena. Se va a disgustar.

—Sí, pero qué le vamos a hacer, la electricidad es muy
puñetera —apuntaba.

Iván Moncada

—Sí que es verdad, hijo. Mi difunto marido y yo teníamos un frigorífico buenísimo que nos duró casi veinte años, pero cuando se fastidió y compramos uno nuevo, éste no daba más que problemas.

—La verdad es que he de decir que de este tipo de edificios antiguos me gusta hasta los cuartos de contadores. Son muy amplios. ¿Qué hay aquí al lado, más viviendas? —pregunté intentando saber por dónde podría haber salido Javier Boada.

—No, justo ahí detrás está ya el edificio de la parroquia. Todo esto se derruyó en la época de Bonaparte, tanto la parroquia de Santiago como la de San Juan y el convento de las clarisas, y lo levantaron de nuevo allá en el mil ochocientos catorce, uniendo las dos parroquias en una y haciendo estos edificios —me contaba algo de historia sobre el lugar en el que seguramente había pasado la mayor parte de su vida.

—La verdad es que es fascinante, me encanta Madrid y su historia —respondí teniendo claro que aquel cabrón debía tener una salida secreta por la sacristía de la parroquia colindante —. Bueno he de dejarla. Le diré a Javier lo que he visto, bueno, mejor dicho lo que no he visto —me despedí de la portera agradeciéndole nuevamente su ayuda.

Nada más salir del edificio comencé a recorrer las calles por las que aquel tipo del sombrero aparecía en las grabaciones que obtuvimos. Desde la Cruzada hasta San Nicolás, bajando por la calle Mayor, y cogiendo después Bailén y la Morería hasta llegar al principio de la Cuesta de los Ciegos, en la parte más alta.

197

Durante unos segundos me quedé mirando las serpenteantes escalinatas descendientes de la hermosa cuesta, pero justo antes de comenzar a bajar por ellas, me fije en un grupo de skaters que con sus monopatines brincaban sobre el pequeño muro de separación del parque que había entre el final de la calle Morería y la plaza de Gabriel Miró, donde nacía la escalinata. Aquellos chicos eran auténticos kamikazes, se daban unos golpes tremendos intentando ejecutar acrobacias imposibles sobre sus tablas. Pero lo que más me llamó la atención no fueron sus piruetas, sino cómo dejaban prueba de ellas grabándolas con sus teléfonos móviles.

—¡Perdonad, chavales! —llamé su atención acercándome a ellos —. ¿Soléis venir aquí todos los días?

—Jo tío, que no estamos haciendo mal a nadie —contestaba uno de ellos, algo irascible.

—No, no, no te preocupes, no me molesta. De hecho me parece increíble. ¿Soléis grabar todos los saltos que dais?

—Si claro —respondió otro, sonriendo y moviéndose como un rapero haciendo gestos con las manos.

—¿Antes de ayer también estuvisteis practicando?

—Por supuesto, tío. Si no practicas todos los días no lo consigues.

—¿Podría echar un vistazo a las grabaciones? ¿Lo hacéis en HD y lo maquetáis? ¿O solo grabáis y lo que salga ha salido?

Iván Moncada

—dije para picarles, animándoles a que fardasen un rato conmigo y así poder averiguar si tenían algo del día que a mí me interesaba.

—Lo grabamos todo, tronko. Tanto cuando sale bien, como cuando nos piñámos —Saltó otro de ellos, quien debía ser el encargado del montaje del video, pues no usaba un móvil, sino una mini cámara deportiva —. Si te mola puedes verlo en nuestra página, skatingmadrid punto com. Vas a fliparlo.

—Vaya. Desde luego que sí. Puede que me hayáis alegrado la tarde —respondí, alejándome de ellos y comenzando a bajar por las escaleras a la vez que echaba mano del móvil para llamar.

—¿Juanjo? Soy Julio.

—Hola, Julio, ¿dime?

—Oye, alguien de allí de la científica, del departamento tecnológico, nos envió las grabaciones referentes al homicidio de la Adivina de ayer.

—Sí, lo hizo Mario, si no recuerdo mal, ¿por?

—Necesito que se meta en una página de internet, skatingmadrid punto com. Es la web de unos chicos que se graban patinando y antes de ayer estaban en la zona por la que pudo haber pasado un tío con sombrero que parecía seguir un camino determinado hasta la casa de la víctima, al que no se le veía la cara y que pensamos que podría ser nuestro sospechoso. ¿Podrías decirle que lo mire lo antes posible para ver si aparece también en esas grabaciones y se le ve la cara para poder identificarle?

—Sí, claro. A mandar. Enseguida se lo digo.

—Muchas gracias, Juanjo —me despedí llevándome el teléfono delante de la cara, pues de fondo estaba oyendo un pitido intermitente avisándome de una nueva llamada entrante mientras hablaba con Juanjo. Era Ulises.

—Dime.

—Inspector. La identificación es positiva. Era Maricarmen Boada a quien le dieron los datos de Natalia Aldana.

—De acuerdo. Yo creo haber encontrado por dónde se escabulló su hermano para llegar hasta la vidente. Con suerte puede que consigamos una grabación en la que sale. Por favor, vuelve a comisaría y avísame en cuanto tengamos la orden para la casa de Belinda García.

—Así lo haré, inspector.

Justo acababa de llegar a la parte de abajo de las escalinatas cuando terminé de hablar con Ulises. Me giré y miré hacia la ventana de la casa en la que tan solo hacía unas horas había encontrado a aquella pobre muchacha. Después comencé a subir por la empinada calle de Segovia para volver de regreso al coche.

Nichos de Paz

La noche había caído, y la gente que quedaba en Madrid y que no se había ido de vacaciones inundaba las calles con la puesta del sol evitando el implacable sol de agosto, al igual que hacía la horda de extranjeros que invadía la zona centro. Eran casi las siete de la tarde e hice un alto en un bar en Cuchilleros para tomarme una cerveza, hacía tiempo que no subía andando la calle Segovia y se me había olvidado lo que costaba. Desde el confort de la silla de aluminio de la terraza del bar en la que estaba sentado, observaba a la gente pasar adentrándose en la calle de la Cava Baja para comenzar a llenar sus muchos bares de tapas mientras entre mis manos el GPS me mostraba los últimos movimientos de Jaime Cruz. O por lo menos de su coche.

Debía ser paciente. Un paso en falso, y aquel hijo de puta podría acabar lo que en su día casi logró en las Barranquillas, o algo peor. Absorto, y con la mirada perdida, saqué y me encendí un cigarrillo mientras pensaba en Irene y en mi hija, como hacía en infinidad de ocasiones. Nunca se lo hube dicho a nadie, ni cuando me atendió el psicólogo de la policía después de que me hubiesen abatido y casi matado, pero el tremendo rencor que sentía y las ganas de acabar con Jaime Cruz no eran solo porque me hubiese llenado el costado de plomo, sino porque desde entonces tenía pesadillas en las que él sabía que fui yo quien organizó el asalto a su feudo llevando a casi toda su familia a la cárcel y venía a buscar a mi familia para vengarse. Supongo que en sí aquello era lo que realmente me movía para hacer todo lo que estaba haciendo, el miedo, ese instinto tan primario que

Iván Moncada

puede llevar a cualquier persona a hacer locuras para evitar represalias de otros, y el sueño que tanto me angustiaba en el que veía morir a mi mujer e hija a sus manos.

Sin querer, y casi sin darme cuenta, habiéndome puesto como excusa el estar esperando la llamada de Ulises con la orden de registro de Belinda García, las horas volaron sentado en aquella terraza. La cantidad de gente joven que casi en tropel acudía a la Cava Baja me sacó de mis obtusos pensamientos. Era viernes, y la noche de Madrid para la gente joven despertaba. Miré el reloj dándome cuenta de que ya eran las nueve de la noche y me levanté dispuesto a irme finalmente a casa para descansar.

Tras pagar al camarero me encaminé hacia la calle Mayor para ir hasta la Plaza de Santiago y recoger el coche, pero en aquel momento me di cuenta de que un par de tíos que estaban a unos treinta metros de distancia de mí se decían algo el uno al otro mirándome de reojo disimuladamente y se ponían también en marcha. Seguramente llevaban rato marcándome, pero no me había percatado de ello, supongo que por haberme distraído pensando en lo que no debía. Para cerciorarme de que me estaban siguiendo y que no eran neuras mías, hice un par de paradas frente a escaparates que tuviesen algo en lo que pudiese reflejase lo que se veía a mi espalda y así confirmar mis sospechas. Un recuerdo de Madrid, con la fotografía de un torero al que un espejo sustituía la cara para que pudiese reflejarse en ella quien se mirase, me permitió verles con claridad, aunque a aquella distancia no lograba distinguir bien sus caras. No sabía si eran los mismos tipos que me siguieron el día anterior u otros nuevos que hubiesen mandado para que no les reconociese.

De nuevo me puse en camino. Era perfectamente consciente de que lo mejor sería atacarles yo a ellos antes de que ellos me atacasen a mí, pues estaba en desventaja numérica y tenía que cogerles por sorpresa. Pensando con celeridad en un sitio en el que poder tender una improvisada emboscada, mi mente se fue directamente al parking de la Plaza Mayor. Sin más miramientos puse camino a la entrada del parking que había por la calle Mayor, la cual conocía bien. Como dos ovejas detrás de su pastor, aquellos individuos me siguieron esquivando a la gente por la transitada vía. Mientras tanto, y a escasos metros del paso subterráneo de acceso al parking, saqué los guantes y me los puse ajustándomelos lo mejor posible.

En cuanto estuve a la altura del arco de acceso de la Plaza Mayor en donde estaba la entrada del aparcamiento, giré para entrar en él y aceleré el paso intentando sacarles algo de ventaja para poder situarme y estar preparado antes de que llegasen. Del bolsillo trasero de mis vaqueros saqué la barra extensible. Apreté el botón y sacudí el brazo hacia un lado para que se extendiese completamente. Luego, agaché la cabeza para que las cámaras que había tanto de entrada como de salida en aquel angosto paso lleno de recovecos no captasen mi cara, y me escondí tras el segundo quiebro que aquel pasillo hacía y que evitaba la visión directa de toda la longitud del largo pasillo.

Al haberme perdido de vista, aquellos tíos también habían acelerado el paso, lo que me proporcionó suficiente

Iván Moncada

cobertura como para que no me viesen inmediatamente al pasar a mi lado, pudiendo alcanzar al primero de ellos con la barra de lleno en toda la cara. La sangre de su nariz salpicó la blanca e iluminada pared y a su compañero, que iba justo a su lado algo por detrás de él. La fuerza del impacto, sumada a la velocidad que éste llevaba, hizo que se desplomase hacia atrás, aunque sin llegar a dejarle inconsciente. El otro tío rápidamente se echó a un lado llevándose la mano a la espalda. Instintivamente salté hacia delante elevando la rodilla derecha e impactando sobre su pecho aplastándolo contra la pared. La gran presión del impacto casi seguro que le cortó la respiración, pero en su mano derecha aún mantenía la pistola que había logrado sacar, por lo que dibujando un círculo en el aire le golpeé con la barra en la mano haciendo que la soltase. Seguidamente crucé mi brazo derecho por debajo del izquierdo para coger mayor impulso y comencé a golpearle en la cabeza, la cual cubría como podía con el brazo izquierdo.

De repente perdí la estabilidad y caí, el primero de ellos al que golpeé me había dado una patada en la parte trasera de las rodillas desde el suelo, abalanzándose sobre mí con un cuchillo militar, intentando clavármelo en el cuello mientras yo repelía las embestidas con la barra y las manos. La sangre de su cara caía sobre la mía mientras los guturales sonidos de esfuerzo que ambos hacíamos llenaban el momentáneamente desolado pasillo de acceso. Con un hábil y rápido movimiento, echando la cabeza hacia un lado, y dejando de hacer fuerza con mis manos y la barra para que los músculos de sus brazos se relajasen por un segundo al lograr extenderlos dejando que el cuchillo impactase

Iván Moncada

contra el suelo, agarré su muñeca ejerciendo un brusco empuje hacia su cara para que el mango del cuchillo le golpease fuertemente en el ojo derecho. Después, durante las décimas de segundo que aquel inesperado y certero golpe me había proporcionado, elevé las piernas cogiéndole por el cuello a la vez que soltaba la barra y llevaba las dos manos hacia su muñeca para controlar el amenazante cuchillo que todavía sobrevolaba tembloroso mi cara y cuello.

Aquel individuo llevaba la cabeza rapada, y podía ver cómo ésta comenzaba a tornarse roja por la presión de mis piernas sobre su cuello mientras que con el brazo izquierdo golpeaba sobre ellas para intentar liberarse. Su compañero estaba tendido en el suelo, pero parecía comenzar a recobrar el sentido y a moverse. La pistola estaba a su lado, tenía que soltarme del tío del cuchillo para evitar que el otro la cogiese y me volase la cabeza.

Haciendo un esfuerzo desesperado, crucé bien los pies tras la cabeza de mi agresor para poder hacer aún más fuerza y apreté y apreté a la vez que un profundo grito escapaba de entre mis apretados dientes. Cinco largos segundos después mi agresor se desmayó, pudiendo apartarle finalmente de encima mía echándole a un lado para ponerme de rodillas y abalanzarme de inmediato sobre la pistola.

Nada más levantarme, una especie de grito entrecortado que intentaba pasar desapercibido me hizo girarme hacia atrás. Eran un par de chicas jóvenes que habían entrado en el pasillo para abandonar el parking por la calle Mayor y se habían quedado petrificadas ante aquella escena, mientras que con sus manos tapaban sus bocas totalmente aterradas ante la posibilidad de que nos diésemos cuenta de que estaban allí.

— ¡Id por otro lado! — grité, volviéndome de nuevo hacia mis adversarios.

Sin pensarlo dos veces salieron de allí corriendo para entrar de nuevo al parking. Tenía poco tiempo, pues era consciente de que irían a la ventanilla donde estaba el guardia de seguridad para avisarle de lo que habían visto, así que recogí el cuchillo para tirarlo a una papelera que había colgada de la pared, y cogí la barra para recogerla y guardármela en el bolsillo. Luego, me acerqué al tío que había sacado la pistola la cual me acababa de guardar en la cintura, quien estaba a cuatro patas sacudiendo la cabeza intentando recordar dónde estaba y qué había pasado, y le propiné una patada en la cara a la vez que cogía carrerilla para abandonar yo también aquel lugar.

Enseguida noté que la gente me miraba por la calle a pesar de ser de noche. Tenía la cara llena de sangre, y no era lo único, pues a pesar de que los guantes estaban fabricados en un material bastante resistente a cortes por arma blanca, un par de cuchilladas lo habían atravesado y la parte baja de la palma de mi mano izquierda sangraba. Comencé a trotar hacia el coche evitando que la gente me mirase mientras presionaba la mano contra mi abdomen. No tardé mucho en llegar. Me metí en él, arranqué, y salí de allí.

Veinticinco minutos después llegué a casa y me apresuré a coger el botiquín, me dirigí al baño y me quité la camiseta y los

Iván Moncada

guantes. El lavabo pronto se tiñó de rojo. El pulso me temblaba. Con la mano derecha lavé mi cara para quitarme la sangre de aquel cabrón mientras mantenía la izquierda en alto intentando que no saliese tanta sangre. Pero no paraba. El corte era bastante profundo, y bajo la intensa y blanquecina luz del baño el líquido carmesí infestado de odio de mi interior escurría por mi antebrazo hasta saltar de mi codo al remolino de agua que intentaba tragarlo. Respirando todavía con algo de sofoco por la reyerta notaba como mis pulsaciones se descontrolaban cada vez más, la presión de mi torrente sanguíneo estaba cayendo en picado, necesitaba que me cosieran antes de acabar desangrado, por lo que finalmente decidí coger un rollo de precinto de la caja de herramientas que tenía bajo el fregadero y me encinté la mano cortando momentáneamente el flujo de sangre. Luego, me puse una camiseta limpia, no sin que nuevamente alguna gota la manchase, y me fui al ambulatorio diciendo que me había cortado con un cutter intentando cortar el cuello de una botella de plástico. Tres horas, seis puntos de sutura y dos botellas de suero más tarde, mi presión sanguínea se había recuperado y volví a casa.

Iván Moncada

Nichos de Paz

Iván Moncada

15

Al día siguiente, tras haber dormido cuatro horas escasas gracias a los analgésicos que me dieron y haber bajado y regresado de los infiernos envuelto en aciagos sueños en los que Jaime Cruz perseguía a mi hija Laura y yo no era capaz de atraparle para evitarlo, y mientras que la madre de la adivina de la Cuesta de los Ciegos me gritaba *"¡Corre! ¡Es el cinco de copas! ¡No dejes que la coja!"*, esperaba sentado en una vieja butaca con mullidos brazos ver aparecer la aurora mirando a través de la ventana del salón con la única compañía de un vaso de Johnnie.

Había estado cerca. Podría no haber salido vivo tras encontrarme con los tíos que El Diablo me había enviado. Seguramente su intención sería la de darme una paliza y dejarme en silla de ruedas para el resto de mi vida y que así sufriese sabiendo que no pude tocarle y sirviendo de paso como ejemplo para todo aquel que se atreviese a desafiarle, pues si podía hacerle aquello a un inspector de la policía, a quién no podría hacérselo. Pero lo único que había conseguido era reafirmar mi determinación para acabar con él. Por un momento la oscuridad del salón se vio interrumpida por la luz de la pantalla del GPS. Habían pasado veinticuatro horas completas y aquel coche se había parado en cuatro sitios distintos en los que había permanecido sin movimiento alguno durante más de una hora en cada uno de ellos. Solo quedaba confirmar si hoy haría lo mismo, si se dirigiría a los mismos lugares y a las mismas horas para comenzar a trazar patrones de conducta.

Eran las siete y veintitrés exactamente cuando los primeros rayos de sol anunciando el amanecer irrumpían por las ventanas del salón, inundándolo todo de luz, y quebrantando los apacibles colores del alba que, como un puntual despertador, sacaba de su letargo a los somnolientos pájaros de los árboles colindantes. Siempre me había gustado ver amanecer. Era como renacer. Como tener una nueva oportunidad para hacer aquello que deseases, la oportunidad de enmendar un error, de decir a alguien que le amabas, de sentir el sol en la cara y dar gracias por estar vivo un día más. Todas aquellas sensaciones me recordaban los días que pasé en el hospital, pues creo que fue allí donde aprendí a valorarlas.

Tenía que cambiarme y prepararme para ir a comisaría, pero antes cogí el teléfono y llamé a Irene. Quería oír su voz y decirla que la quería, que estaba viendo amanecer y la echaba de menos.

—¿Sí? —respondió tras cuatro tonos.

—Hola, mi reina. ¿Cómo estás?

—Mmmm… bien. ¿Y tú?

Iván Moncada

—También bien. Estoy en el piso, sentado en ese butacón que compramos en la tienda de General Ricardos, viendo por la ventana cómo amanece mientras pienso en ti.

—Mmmm... —musitaba nuevamente —, ¿eres un embaucador en busca de perdón por su ausencia? —la oía sonreír, seguramente todavía con los ojos cerrados, desperezándose sobre nuestra enorme cama de la cual se hacía dueña cuando no acudía a su lado.

—Supongo que sí. Te quiero y te echo de menos. ¿Lo sabes, no?

—Sí. ¿Tan mal lo ves? —se refería al asunto por el que no podía ir a casa y que no podía contarle.

—No, no es tan grave. Pero ya sabes cómo es esto y lo neurótico que me pongo con estas cosas. ¿Tienes planes para hoy?

—La verdad es que nada en especial. Cuando venga tu hija iremos al centro, quiere comprarse un vestido que ha visto con sus amigas y quiere que la acompañe para ver qué opino.

—¿No está ahí?

—No, acuérdate que te lo dijo. Tenía entradas para un concierto. Se quedaba a dormir con las amigas.

—Ah, sí. Es verdad —respondí mientras miraba el reloj
—. He de dejarte, cariño. Son menos veinte. Cuando llegue Laura
me escribes para saberlo, ¿vale?

—Vale —bostezaba —. Ten mucho cuidado, de acuerdo.

—Sabes que sí —le di un beso al auricular—. Te quiero.

—Adiós, cariño. Yo también te quiero —me devolvía el
beso.

Después de colgar me vestí para dirigirme a la central.
Tenía que ponerme en marcha, el día prometía ser largo si habíamos recibido la orden de registro de la casa de Belinda García, y
estaba seguro de que tendríamos nuevas y más entretenidas noticias de la judicial sobre los movimientos de los Boada.

Todos los compañeros me preguntaron qué me había pasado al verme la mano vendada, algo con lo que ya contaba, y
como era lógico mantuve mi versión de manitas torpe al que un
cutter le había ganado la batalla. E incluso el comisario me sugi-
rió que si no estaba bien me tomase unos días de baja, así
veríamos cómo se desenvolvía Ulises a solas. Pero el hacerlo me
limitaría mucho la libertad con la que me movía y el abanico de
coartadas y excusas que podría utilizar dependiendo de para qué
las necesitase.

—¿Sabemos algo de la orden de registro? —pregunté a
Ulises.

Iván Moncada

—Está tramitada, pero el juez de guardia dijo que no era urgente debido a las razones de la solicitud y la poca solidez que relaciona al investigado con el caso del homicidio, por lo que iría a través de vía ordinaría, así que seguramente no la tengamos hasta lunes o martes.

—¡Jodidos jueces! —exclamé disgustado mientras encendía el ordenador.

—¿Y de los Boada?, ¿sabemos algo?

—No, inspector. Entre las nueve y diez de la mañana es cuando la judicial nos envía el informe si no ha habido nada relevante.

—¿Y cómo coño saben ellos cuando algo es relevante para nosotros o no? —preguntaba algo irascible, notando que Ulises me miraba —. Lo siento, pero los puntos comienzan a tirar y me está entrando un humor de perros.

Necesitaba tomarme otro analgésico, por lo que me levanté y me dirigí a sacar un café cortado de la máquina. Ya era el segundo café el día, y eso que no eran más de las ocho y media de la mañana. Después de sentarme en mi sitio y engullir la roja píldora de plástico con un trago de agua, graznando como un ganso para que no se me quedase atascada en la garganta como de costumbre me ocurría con aquel tipo de pastillas, la terminé de empujar con el café hasta el fondo de mi estómago. En aquel momento mi móvil comenzó a sonar. Era Irene.

—¿No me ibas a mandar un mensaje? —pregunté.

213

—¡Julio por Dios ven a por mí! ¡Ven a por mí! ¡Laura está en el Hospital! —se le entrecortaba la voz por la angustia.

—¡¿Qué ha pasado Irene?! ¡¿Qué ha pasado?! —alcé la voz levantándome de la silla.

—Sus amigas me han dicho que ha perdido el conocimiento. Está en urgencias del Doce de Octubre desde las seis y media de la mañana. No nos han podido llamar porque su móvil tiene pin y no tenían nuestros teléfonos. Me ha cogido el teléfono una de ellas cuando la he llamado.

—Vale, tranquila. Ahora mismo voy a buscarte —colgué a la vez que me dirigí a Ulises —Me tengo que ir. Mi hija está en el hospital.

—¿Está bien? ¿Qué le ha pasado?

—No lo sé. Solo sé que está en urgencias. Si hay algo me llamas.

—De acuerdo, no se preocupe.

Salí corriendo y me monté en el coche, puse la sirena y la baliza luminosa en el techo, y aceleré a tope. Como si estuviese en plena persecución invadía carriles contrarios y pasaba semáforos en rojo para no perder ni un segundo. Enseguida recogí a Irene y diez minutos más tarde estábamos en las urgencias del hospital. Una vez allí nos identificamos como sus padres y avisaron al médico que le había atendido. Encolerizado pregunté en admisión por qué no nos habían llamado, pero resultaba que tanto en el teléfono de contacto en el expediente de Laura, como en el nuestro, el número que aparecía no era el correcto, faltaba un digito.

En cuanto el internista apareció, Irene y yo pasamos hasta la sala de observación, donde mi hija se hallaba tumbada ya consciente en una de las camas y una de sus amigas permanecía sentada en una silla junto a ella. La chica enseguida se retiró a petición del médico para poder explicarnos qué le había ocurrido. Irene y yo nos acercamos a Laura y la besamos. Estaba adormecida y apenas podía hablar, tenía puesta una mascarilla con oxígeno, y había una máquina que monitorizaba sus constantes.

—Bien. Su hija ingresó a las seis y veintisiete de la mañana en ambulancia con un cuadro de inconsciencia, se le tomaron las constantes y se le hizo un análisis de sangre. Lo único remarcable era su presión arterial, que era un tanto baja, al igual que su saturación. Según nos indicaron sus amigas no había ingerido más de tres o cuatro copas, aun así realizamos pruebas de alcohol y drogas siendo estas negativas. Desde entonces la tenemos con suero y monitorizamos sus constantes hasta que recibamos el informe del análisis de sangre. No creo que tarden mucho más. También he pedido un electro.

—Hace unos días le pasó algo parecido. Se desmayó en un centro comercial y a los dos minutos volvió en sí —le decía Irene entre lágrimas, mientras el doctor comenzaba a preguntar cosas de aquel día para intentar atisbar un patrón que pudiese ayudarle en el diagnóstico.

215

Iván Moncada

Nichos de Paz

Ambos teníamos el corazón en un puño. Una vez era casualidad. Dos, y tan seguidas, algo por lo que preocuparnos. Laura era una chica muy activa y estaba en forma, siempre había seguido mis pasos en lo que a deporte se refería. Hacía natación y quedaba con sus amigas para jugar al pádel. Era jovial y extrovertida, risueña y amable, era un encanto de muchacha a la que verla tendida en aquella cama me anudaba el estómago y me hacía sentir vulnerable e impotente, una mezcla de sensaciones que no hacían más que recordarme cuando me dispararon, volviendo a mi mente las imágenes de la cara de aquel cabrón saliendo de entre las sombras.

—¿Se pondrá bien? —pregunté con cara de querer matar a alguien.

—Ahora mismo no puedo decirle gran cosa hasta que tengamos todas las pruebas —cohibido desviaba por un momento la mirada hacia un lado mientras se abría la cortina del box de mi hija —. Mire, ya vienen a hacerle el electrocardiograma.

Mi mujer y yo nos retiramos para que la enfermera pudiese hacer su trabajo. Irene permanecía con los brazos cruzados y la mano derecha sobre su boca frenando su llanto para que su hija no la viese, quien lentamente miraba de un lado al otro a la vez que la enfermera le pegaba los electrodos y colocaba los cables. Segundos después la máquina comenzó a escupir papel con gráficos que el doctor observaba meticulosamente. Su cara no era muy alentadora, y no pude evitar interrumpirle:

—¿Qué es? ¿Qué tiene?

Iván Moncada

—Estoy leyendo el electrocardiograma y observo fluctuaciones poco propias de una chica de su edad, si no les importa voy a buscar al cardiólogo de planta para que me dé su opinión —terminaba, saliendo del box con aquel largo trozo de papel con el que parecía llevarse nuestro propio corazón.

De nuevo nos acercamos a nuestra hija. Irene no paraba de llorar mientras agarraba y acariciaba la mano de Laura. Yo hacía lo posible para no acompañarla.

—¿Cómo te encuentras mi vida?

—Cansada, mamá —respondía sonriendo levemente, pidiéndole—. No llores —a lo que Irene se limpiaba las lágrimas sin poder evitar dejar salir más.

—No te preocupes cariño, cuatro pastillas y te mandan para casa. Seguro que tanto ajetreo y la vida tan acelerada que los jóvenes lleváis ahora te han agotado. Solo necesitas descansar —la besé en la mejilla.

Veinte minutos más tarde el doctor apareció otra vez. Con refuerzos, pues otro médico más le acompañaba.

—Siento haber tardado tanto. Ya hemos recibido los análisis y los estábamos estudiando. Él es el doctor Usía, un compañero. Es cardiólogo. Le vamos a repetir el electro para asegurarnos —nos presentaba a su compañero y explicaba que quería hacer el examen por él mismo. Algo poco halagüeño.

Afligidos, nos separamos nuevamente del lado de nuestra hija, expectantes de la nueva exploración y, como sucediese la vez anterior, más papel comenzó a salir de las entrañas de aquella máquina con aspecto de impresora con tentáculos, entonces una ristra de palabras técnicas de médicos comenzó a salir de sus bocas debatiendo e interpretando los gráficos haciendo mención a los análisis que hubieron visto antes de repetir la prueba.

—Creo que está meridianamente claro, pero lo mejor sería confirmarlo con una resonancia debido a su temprana edad —les oímos decir.

Dos minutos de verborrea más tarde concluyeron su análisis clínico, dirigiéndose el cardiólogo a Laura.

—Bueno, Laura. ¿Prefieres que te dé el posible diagnóstico a ti sola, o…?

Mi hija negó con la cabeza y nos miró extendiendo su mano para que fuésemos a su lado.

—He de preguntarlo, es mayor de edad —se disculpaba el doctor prosiguiendo —. Lo que muestra el electro es una arritmia sistólica que, viendo los gráficos, pudiera ser una insuficiencia cardiaca. Como es lógico tendremos que hacer más pruebas, por lo que deberá quedar ingresada para mantenerla en observación hasta que hagamos una resonancia y podamos detallar la gravedad y alcance de la misma.

Iván Moncada

—¿Pero, tiene tratamiento? —pregunté desconcertado, pues un problema con el corazón de mi hija hubiese sido lo último en la vida que hubiera esperado.

—Tratamiento hay, por supuesto. Pero debemos ser cautos. Empezaremos con algo liviano que ayudará a que su corazón bombee mejor. Necesitamos el resto de pruebas antes de pasar a mayores.

—Hagan todo lo necesario para que se ponga bien, por favor —rogaba mi mujer.

—Por supuesto, en cuanto haya una cama en planta la subirán. ¿De acuerdo? —se despedían el cardiólogo y el médico de urgencias.

De repente, mis pensamientos se nublan y sin saber cómo soy expulsado de mis recuerdos. Mi mente vuelve a al presente, al plácido banco del cementerio en el que estoy sentado. Me toco nuevamente la boca del estómago. Me duele, me duele cada vez más, y noto cómo la angustia y la ansiedad se apoderan aún más de mí, empezando a preguntarme "Mi hija ¿Dónde está mi hija? ¿Y Laura? ¿Dónde está? ¿Por qué no ha venido al entierro?"

Ahora soy presa del pánico mientras miro hacia el féretro y al grupo de personas que rodean y consuelan a Irene. Mi respiración se agita. Mi boca se seca. Me pongo de pie, pero no puedo moverme. Estoy bloqueado. No sé qué me pasa, nunca había tenido esta sensación. Me tiembla todo el cuerpo y no puedo reaccionar. "¡Pero no puede ser!" pienso a la vez que cierro fuertemente los ojos. "¡Necesito recordar! ¡Necesito saber por quién estamos aquí! ¡¿Por qué no lo puedo recordar?!"

Como puedo, me siento otra vez en el banco y hago un esfuerzo. Respiro profundamente, con largas bocanadas de aire. Muy largas. La corbata me asfixia. Aflojo el nudo e intento concentrarme. "¡Recuerda Julio! ¡Recuerda!" me digo.

16

Durante todo el fin de semana estuvimos en el hospital junto a nuestra hija. Irene estaba descolocada, no lograba comprender por qué le estaba pasando aquello a su pequeña, tanto que la fugaz pregunta sobre qué me había pasado en la mano pude satisfacerla diciendo que me había cortado saltando una valla. Una vez la subieron a planta, mi mujer me pidió que fuese a casa a buscarle algo de ropa y un neceser con cosas de aseo. Estaba claro que no iba a dejar a Laura sola ni un solo instante. Yo, sin embargo, debía ir a trabajar, pues el caso de los Boada requería de mi atención, así como aquella rata a la que debía cazar antes de que me mordiese.

Desde la entrada del hospital llamé a Ulises, quien me informó de que ya teníamos la orden de registro de Belinda García, y le pedí que se desplazase hasta allí, donde me reuniría directamente con él. Poco tiempo después estacionaba cerca del portal del domicilio de Belinda. Había una furgoneta que conocía, era la de Juanjo. Tras echar un cigarro rápido para sosegar los ánimos subí al domicilio, en donde me encontré con Juanjo y un par de oficiales en el descansillo.

—Buenos días.

—Hola, Julio, ¿Cómo está tu hija?

—Ya está en planta, pero le tienen que hacer varias pruebas. Es un problema cardiaco, según dicen.

—Vaya. Espero que no sea nada grave y esté lo menos posible en el hospital. Como sugeriste, Javier Boada sale en el vídeo de los chicos del monopatín. Ulises les localizó el sábado y les llevó a comisaría para que prestasen declaración y atestiguasen sobre el día en el que realizaron la grabación, así como para comprobar la fecha y hora del archivo y dejar constancia de ello.

—Entonces, le tenemos situado a escasos metros del domicilio de la adivina en la hora aproximada de la muerte, ¿verdad?

—Sí. De hecho hemos corroborado la hora del vídeo con la hora solar mediante las sombras del entorno para cerciorarnos.

—Excelente. ¿Y Ulises?

—Está dentro, mostrándole la orden a la dueña de la casa y explicándole por qué estamos aquí. Acabamos de llegar como quien dice.

—De acuerdo. Voy dentro. En cuanto comencemos te aviso para que pases.

Nada más entrar en el salón me encontré con Ulises, quien le estaba explicando y mostrando la orden de registro a una cabreada y muy molesta Belinda.

—Inspector —se dirigió hacia mí nada más divisarme
—. ¿Por qué quieren registrar mi casa? Les he contado todo lo
que sé y no tengo nada que esconder. Y esta vez no me pueden
decir que es algo rutinario.

—No, sin duda no lo es, señora García. El pasado jueves
nos aseguró que su sobrino estuvo con usted durante toda la mañana, y no es cierto. Nos ha mentido —bajaba la cabeza
apesadumbrada.

—Sí, lo sé —dijo —. Pero es mi sobrino y la única persona
que se preocupa por mí. Me pidió que dijese que había estado
conmigo, así que...

—Ya —respondí asintiendo con la cabeza —. ¡Pasad!
—elevé la voz para que Juanjo y los dos agentes entrasen —. Deberá permanecer junto a los agentes en todo momento mientras
nos acompaña estancia por estancia para que esté presente durante el registro, además de dar una prueba de su ADN —le
expliqué.

Juanjo nos acercó la caja de guantes de la que había sacado un par para él y Ulises y yo cubrimos nuestras manos con
ellos. De inmediato, comenzamos con el registro mientras Juanjo
cogía la muestra, empezando por el mismo sitio en el que estábamos, el salón. No sabíamos qué buscábamos o si
encontraríamos algo, pero en un registro a ciegas, como nosotros
lo llamábamos, no hacía falta seguir pautas específicas que nos
guiasen para localizar pruebas concretas, sino que debíamos revisar todo y dejar que nuestra intuición y los datos que teníamos

223

en la cabeza sobre el caso creasen las conexiones necesarias al visualizar lo que encontrásemos.

Por el momento no teníamos nada. El salón estaba inmaculado, y los muebles los copaban decenas de piezas de vajilla y cristalería antigua, papeles de la propiedad y facturas de servicios, y cantidad de figuras y adornos acumulados durante años.

Durante horas fuimos de habitación en habitación pasando por cocina y baños, pero parecía ser que aquella mujer no hacía más que limpiar, pues no había ni una sola mota de polvo. Fue entonces cuando, revisando el dormitorio principal, bajo la cama, encontramos varias cajas llenas de álbumes de fotografías.

—Eso sólo son fotografías antiguas de la familia —dijo Belinda con cierto descontento mientras nos aventurábamos sobre sus páginas.

Entre las muchas imágenes atrapadas en el tiempo carentes de color aparecían sus sobrinos cuando eran pequeños y la fallecida señora Eulalia de joven. Parecían felices, sobre todo en las que aparecía su padre. Aunque, extrañamente, entre las hojas del álbum había espinosas ramas secas de lo que parecían zarzas. Entonces miré hacia Belinda.

—Eso forma parte de los recuerdos de la familia. En la finca en la que vivían había unos zarzales en los que los niños disfrutaban recogiendo moras. Por eso están ahí.

Iván Moncada

Meticulosamente Juanjo tomaba fotografías de todo lo que encontrábamos. Quizás fuese lo que Belinda decía, pero si teníamos en cuenta la cercanía de aquella familia con el mundo de la brujería, aquello podría significar cualquier otra cosa.

De entre todos aquellos álbumes había uno que tenía un cierre con una pequeña cerradura.

—Necesitamos la llave que abre éste —me dirigí a Belinda.

Durante un par de segundos vaciló, como si no quisiera que viésemos su interior.

—Si no podemos revisarlo aquí, deberemos llevarlo al laboratorio para que lo abran y poder ver su contenido —le dije.

—No será necesario —dijo echando mano a una cadena que le colgaba del cuello y que ocultaba detrás de la ropa, apareciendo en su extremo una diminuta llave —, son las fotografías de mis padres. Es el único recuerdo que tengo de ellos.

Después de abrir el cierre, se separó para permanecer al lado de los oficiales y dejar que curioseásemos. En las fotografías aparecía una joven y sonriente pareja sosteniendo uno las manos del otro. Éstas parecían mucho más antiguas que las de Eulalia con sus hijos. El granulado de las imágenes, junto con aquel tono sepia y la falta de definición así lo revelaban. Página tras página, los dos jóvenes habían sido retratados en diversos lugares y poses, pero fue poco después, cuando aquella pareja dejó de aparecer y una solitaria mujer comenzó a acaparar el resto de fotografías, que vi algo que me hizo estremecer. Era ella, la mujer que veía en mis pesadillas. Pude apreciar que se trataba de la misma mujer que antes aparecía sonriente junto a su amado, solo que en el resto de imágenes aparecía sin él, con cara enfurecida, y con aquella mirada intensa y fría que la mayor de los Boada también compartía.

—¿Son su madre y su padre?

—Sí. Así es.

—¿Por qué su padre sólo está en las primeras fotografías?

—Porque se fue. Abandonó a mi madre estando embarazada de mí.

La forma en que lo dijo y cómo me miraba no me pareció sincera. Aquella mujer era todo secretos y mentiras.

—¿Cómo se llamaban sus padres?

—Mariano y María.

—Hacían buena pareja —comenté restando importancia, sabiendo que Ulises tomaba nota de todo cuando se decía y hacíamos, pasando hacia las últimas páginas del álbum.

Entonces un nuevo sentimiento me sobrecogió, esta vez fue un escalofrío que recorrió todo mi cuerpo, pues en la fotografía aparecía la madre de Belinda en un gran y frondoso jardín en lo que parecía la parte trasera de una enorme casa que reconocí de inmediato. Justo el mismo lugar en el que vi cómo ésta mecía el carrito en el que estaba el bebé, solo que en la imagen estaba sola, con el mismo traje, pero sin bebé ni carro.

Por un momento me di cuenta de que Ulises me miraba extrañado, me había quedado bloqueado.

—Bien. Ya está todo —dije poniéndome de pie.

—Ya les dije que no tengo nada que esconder —disparó rencorosa por haber invadido su hogar.

—Sí, es cierto. Pero la próxima vez no nos mienta, o podría ser acusada de obstrucción en una investigación policial —apunté.

Con cuidado, dejamos todo tal y como lo habíamos encontrado y abandonamos la vivienda, justo a tiempo de que el teléfono de Ulises sonase mientras estábamos en la calle. Era la judicial, tenía noticias de los Boada.

—Es la judicial. Dicen que Javier se ha reunido con una mujer en un café del centro —apartaba el teléfono de su oreja para informarme.

—¿Quién es ella?

—Se llama Virginia Fernández Huertas, han tomado su nombre del pago que ha hecho con una tarjeta de crédito en el establecimiento. No saben a ciencia cierta cuál es su relación,

227

pero creen que son pareja por el trato, los besos y los abrazos al encontrarse y despedirse.

—Vaya. Resulta que tiene novia. ¿Pueden seguirla? —pregunté a Ulises, quien se puso de nuevo el auricular en la oreja para preguntarlo.

—Me dicen que no. Uno de ellos está en Torrelodones vigilando a Maricarmen, y él está siguiendo a Javier. No disponen de más efectivos. Pero desde la mesa en la que se ha sentado a espalda de ellos cree haber oído que ella iba a los Jerónimos. ¿Qué le digo?, ¿a quién sigue?

—Que no se despegue de Javier y me envíe una foto de ella. Voy hacia allá —comencé a andar hacia el coche mientras Ulises me acompañaba y hablaba con el agente de la judicial.

—Ve a comisaría y averigua todo lo que puedas sobre los padres de Belinda García —ordené a Ulises nada más colgar.

—De acuerdo. Enseguida le llegará la foto.

Como un rayo me dirigí hacia la iglesia de los Jerónimos, justo a espaldas del Museo Del Prado. Dejé el coche en el primer lugar que encontré y eché mano al móvil para visualizar la imagen. Era una mujer de aproximadamente metro sesenta y cinco, pelo castaño, y llevaba un vestido crema con motivos florales. Con grandes zancadas accedí a la iglesia, encontrándome con que estaban en plena misa. Eran las once y diez minutos de la mañana. No sabía si aquella mujer aún permanecía allí o se había ido, pues llegar hasta aquella parte de la ciudad me llevó casi veinte minutos, por lo que, lentamente, comencé a andar por un lateral de la gran nave central observando a cada una de las personas que ocupaban por completo los centenarios bancos de madera.

Después de pasar por el lado de todos y cada uno de los bancos sin dar con aquella mujer, esperé a que la misa acabase y la iglesia se quedase desierta para dirigirme al párroco. Aquel hombre bajito y esmirriado de pelo blanco estaba en el altar pasando las páginas de la biblia de la que leía pasajes a los fieles cuando me vio acercarme.

—Buenos días, padre. Soy inspector de policía —mostré mi placa —. ¿Me podría decir si ha visto o hablado con esta mujer? —pregunté enseñándole la imagen de mi teléfono móvil.

—Sí, ha estado aquí justo antes de la misa. ¿Por qué? ¿Qué ha pasado? —se sorprendía.

—No se asuste, padre. Estamos llevando a cabo una investigación sobre alguien de su entorno y necesito que me diga sobre qué han hablado. Y recuerde que, tanto mi visita aquí, como todo sobre lo que hablemos, deberá permanecer en la más estricta confidencialidad, no pudiendo comentar con ella nada de esto. ¿De acuerdo?

—Sí, sí, por supuesto, no diré nada —ponía cara de preocupación y se aclaraba la voz para responder —. Se llama Virginia, y hemos hablado sobre el resto de papeles que han de traer ella y su prometido para contraer matrimonio el próximo mes de diciembre.

—¿Sabe el nombre de su prometido?

—Sí. Es Javier, si no me equivoco.

—¿Cuándo le pidieron fecha de boda?

—Pues la verdad es que hace bastante tiempo, casi dos años. No sé bien por qué motivo, pero tuvieron que anular la fecha del año pasado para aplazarlo hasta este.

—¿Han dicho o hecho alguno de ellos algo que se salga de lo normal o le haya llamado la atención?

—Bueno —dijo dubitativo —, lo único fuera de lo común es que insistieron mucho en que la fecha de la ceremonia debía ser el día veintiocho de diciembre a las cuatro y veinte de la tarde exactamente. No sé el motivo, ni me lo dijeron, pero dieron un donativo sustancial a la Iglesia para que así fuera.

Aquello me dejó tan asombrado como al párroco, quien no recordaba nada más que saliese de ojo y de quien me despedí poniendo rumbo a la tienda esotérica, pues quería preguntarle a aquellas dos gárgolas que regentaban el negocio cuál era el significado de ponerle ramas de zarzas a un álbum de fotografías. Estaba seguro de que aquello encerraba algún significado oculto, al igual que seguramente lo tendría el querer casarse en una fecha y hora tan concreta; además, por supuesto, de sentir gran curiosidad, pues como la misma Belinda comentase, Javier

230

Boada era perfectamente consciente de la maldición de su familia, cosa que, según ella, había atormentado a Javier desde joven.

Tan solo diez minutos después estaba de nuevo traspasando el umbral tallado con símbolos de la puerta que daba acceso a aquel mercadillo legal para brujas en pleno centro de Madrid.

—Buenos días, señoras —me dirigí amablemente hacia madre e hija.

—Buenos días —respondió solo Luisa, la hija —. En qué podemos ayudarle esta vez.

—Necesito que me orienten sobre un par de cosas que estoy casi seguro que ustedes sabrán, pues yo soy nulo en estos temas —sonreí, antes de disparar la primera pregunta —. ¿Para qué se ponen ramas de zarza en un álbum de fotografías familiares?

—Un profundo odio se cierne sobre quienes espinas en almas cautivas reciben —se adelantó la madre con su escalofriante y quebrada voz.

—Cuando alguien pone cualquier tipo de planta con espinas sobre la imagen de una persona es para hacer que sufran. Se tiene la creencia de que tanto los retratos como las fotografías capturan parte del alma de la gente, y de esa forma se puede dañar directamente su más profundo ser.

Las palabras de aquellas expertas en esoterismo y ocultismo no hacían más que incrementar mis dudas, pues parecía que Javier se llevaba muy bien con su tía Belinda, sin embargo él también estaba en aquellas fotografías.

—¿Y sabrían decirme por qué alguien querría contraer matrimonio en un día y hora específica? Si es que también tiene algo que ver con brujería y hechizos.

La hija levantó las cejas a la vez que se encogía de hombros mientras echaba mano mentalmente a su repertorio de hechizos sin saber qué responder —La verdad es que no lo sé —miró hacia su madre, quien comenzó a hablar.

—Eso solo lo hacen los malditos.

—¿A qué se refiere? —me acerqué a ella.

—Para limpiar de cualquier maldición que se precie el espíritu de una persona debe hacerse un conjuro en el día y la hora de su nacimiento, y si la maldición cobrase fuerza cuando esa persona contrajese matrimonio, ambas cosas deberán efectuarse al unísono —abría los ojos enormemente enfatizando la última palabra.

—La verdad, no lo sabía —dijo Luisa —. Tiene que ver con Natalia, ¿verdad? —preguntó casi sin darse cuenta. Arrepintiéndose de inmediato, pues sabía que no se lo podría confirmar. Aunque, gracias a ello, una nueva pregunta vino a mi cabeza, de la que seguro sabrían a quién me referiría.

232

—¿Por qué alguien creyente en estas cosas iría a escondidas para borrar un símbolo y esparcir polvos de hierro?

Automáticamente madre e hija se miraron la una a la otra, siendo de nuevo Luisa quien respondió.

—Para intentar frenar a quien había hecho el símbolo y deshacer sus hechizos y conjuros.

—La estaba ayudando —añadió Carmen, la madre, refiriéndose a Maricarmen Boada.

Entonces estaba seguro de cómo la adivina había averiguado donde estaba el símbolo del pentagrama que le mostré. Maricarmen Boada se lo debía haber dicho después de que se enterase de que su madre había muerto. Quizás no era tan escéptica como decía al fin y al cabo.

—Necesita protección. Hay que abrirle los ojos —murmuró la madre, llevando la mirada hacia su hija, y desapareciendo en la trastienda.

—Sé que usted no cree en estas cosas, pero mi madre no suele equivocarse. Le ruego acepte un amuleto para que le acompañe y le guíe en su camino.

Segundos después la anciana volvía al mostrador con algo entre las mano. Parecía un colgante. En ningún caso hubiese aceptado ponerme alrededor del cuello algo semejante, pero ya que no tenía a la vidente para que me ayudase con aquellos temas, necesitaba de su experiencia para entender algunas cosas, así que acepté que me lo pusiera.

Agradeciéndoles la información y el amuleto que me habían dado, me despedí de ellas y me monté en el coche para dirigirme al hospital. No sin antes dar varias vueltas y cambiar de sentido en diversas ocasiones para asegurarme de que nadie me seguía.

Cuando entré en la habitación las dos estaban dormidas, Laura tendida en la cama con varios cables que salían a la altura de su cuello por debajo del camisón del hospital hasta un aparato que controlaba cada latido de su corazón, e Irene arrugada en el viejo sillón abatible en el que tantas personas, durante tantos años, habían intentado dormir mientras hacían compañía a sus familiares.

—Cariño —mecí el hombro de mi mujer para no sobresaltarla —. ¿Qué tal ha ido todo?, ¿han dicho algo de las pruebas?

Frotándose los ojos para aclarar la vista se incorporó besándome fríamente —Dicen que hasta mañana por la mañana no pueden hacerle la resonancia. Mientras tanto quieren hacerle una ecografía Doppler para ver el estado de las arterias que alimentan al corazón.

—¿Has comido algo?

—No tengo hambre —apartó la mirada hacia un lado. No quería mirarme, de nuevo me reprochaba sin palabras el no estar allí con ellas.

—Ya sé que no tienes hambre, pero son casi las dos de la tarde y has de comer. Ayer no cenaste, y al mediodía solo comiste un sándwich. Yo me quedo con ella. Ve a la cafetería, por favor.

Reticente, se levantó del sillón para entrar al baño a lavarse la cara y se fue a la cafetería del hospital.

En la habitación de mi hija había otra cama en la que una solitaria anciana, que según nos dijeron se hubo desmayado en la calle, veía pasar las horas impasible y en silencio sin que nadie la visitase. Inmerso en el completo silencio que reinaba en la habitación tras cerrar la puerta para evitar los ruidos del pasillo, recuerdos de mi hija cuando era pequeña y jugábamos en el parque me asaltaron viéndola allí tumbada, tan indefensa como lo estaba entonces.

Me sentía impotente, era la primera vez en mi vida que no sabía qué hacer, y fugaces lágrimas invadían mis ojos. Un leve sollozo se me escapó y una voz tras de mí ofrecía el consuelo de la experiencia. Era la anciana de la cama de al lado, quien parecía volver a su cuerpo después de haber estado ausente desde que subiesen a mi hija a su habitación.

—No hay nada peor que el dolor de ver a un hijo enfermo. Pero tenga fe, es joven y seguro que Dios le ayuda.

235

Iván Moncada

Me giré para mirarle a los ojos después de borrar mi dolor de la cara con el dorso de la mano derecha —Espero que así sea. Gracias.

—Yo vi como un hijo se me iba sin que nada pudiese hacer. Fue la polio. Le pedí al señor que me llevase en su lugar, pero tenía otros planes para mí, y se lo agradezco, pues mi hija la mayor cayó enferma y gracias a que pude donarle un riñón está viva todavía, pudiendo estar junto a sus tres hijos. Un padre o una madre darían y harían cualquier cosa por sus hijos.

—¿No vienen a visitarla?

—No puede, vive muy lejos, a su marido le salió un trabajo en América y tuvieron que irse.

—Lo siento.

—No lo sienta. Soy feliz, y dentro de no mucho podré reunirme con mi niño —asentía con una leve sonrisa, cerrando los ojos como si casi ya pudiese ver al hijo que perdió —. Ya he vivido todo lo que tenía que vivir —añadió, girando la cabeza hacia la ventana y volviendo el silencio a la estancia que compartíamos.

Pocos minutos más tarde Irene regresaba a la habitación. En su cara se reflejaba el dolor y la angustia que por dentro azotaba su corazón sin cesar cual tormenta que cruelmente intentaba hundir un pequeño barco en medio del océano. Durante todo el

Iván Moncada

fin de semana había estado maldiciéndose a sí misma por no haber insistido y haber instado a los médicos a hacerle más pruebas la vez que se desmayó en el centro comercial. " —No era una bajada de azúcar" se repetía en silencio una y otra vez. Podía verlo en sus ojos.

La tarde se echaba encima y yo debía irme, pero cuando me levanté para darle un beso en la frente a Laura y después acercarme a Irene para también despedirme, ésta giró la cara encogiéndose de hombros y cruzando los brazos.

—¿Tienes que irte? Tu hija está enferma, ¿o es que no lo comprendes? —sus ojos tornaban llorosos, desbordándose al parpadear mientras su mirada se me clavaba en el alma como un cuchillo incandescente.

—Vendré lo antes posible —dije, murmurándole un te quiero, y rectificando de inmediato llevando la mirada hacia mi hija —. Os quiero.

Salí de la habitación con el estómago atenazado y el alma apaleada. Irene no era consciente del peligro que corrían, y no podía decírselo, por su bien y por el mío.

Con la cabeza puesta en mi siguiente paso, ir a investigar los lugares en los que Jaime Cruz había estado los últimos tres días, hice una efímera parada en la cafetería donde a toda prisa me comí un bocadillo, repasando lo acontecido aquella mañana. Teníamos las imágenes en las que Javier Boada se quedaba sin coartada y unos cabellos suyos en la escena del crimen de la vidente. Suficiente para encausarle junto con la llamada de teléfono en la que salía su voz, aunque tuviésemos que tirar de laboratorio para que un experto lo confirmase. Pero si le detuviésemos el juego se pararía, necesitábamos saber que ficha movería su hermana Maricarmen, y qué pintaba en todo aquello su tía Belinda.

Un último trago a la cerveza sin alcohol que había pedido para que pasase el reseco pan del bocadillo y di por concluida la comida de aquel día. Luego, me monté en el coche, y me dirigí a las coordenadas que indicaban un lugar a las afueras de Colmenar Viejo.

Tres cuartos de hora más tarde llegaba a Colmenar, por donde callejeé hasta los límites del Polígono Industrial Sur. El GPS indicaba que tomase un camino de tierra que me alejaba hacia el sureste del municipio. Lo tomé, no sin antes cubrir mi cara como de costumbre, con mi gorra y gafas de sol. El camino estaba en bastantes buenas condiciones, y las secas marcas de neumáticos dejadas por tractores cuando el camino se embarraba con el agua de lluvia indicaban que las construcciones que veía a lo lejos debían ser explotaciones hortícolas o agropecuarias. Aunque si Jaime Cruz tenía algún interés en ellas, es que no todas lo eran.

El GPS indicaba que estaba a tan solo cien metros de mi destino, por lo que me apresuré a parar junto a unas bajitas pero largas naves que se extendían a mi izquierda. "Avícola Colmenar" decía un cartel, por lo que estaba claro que era un criadero de pollos o algo parecido. Aparqué mi coche junto a los cuatro que ya había estacionados junto a la valla de entrada que delimitaba el perímetro de aquel negocio, y activé el GPS poniéndolo en modo satélite. La orografía del lugar indicaba unas pequeñas elevaciones de tierra, sin llegar a poder considerarlas montañas, las cuales podría rodear para permanecer oculto y acercarme hasta el lugar sin ser visto.

Campo a través me dirigí hasta el sitio indicado por mi fiel chivato electrónico. Tumbado tras unos arbustos, unas también largas pero algo destartaladas naves se alzaban a escasos treinta metros delante de mí. Saqué los prismáticos y reconocí el terreno. Era extraño. Aquellas construcciones parecían tremendamente antiguas en comparación con el cercado de malla metálica que lo rodeaba, el cual todavía brillaba y no tenía ni gota de óxido a pesar de estar a la intemperie. Por una puerta lateral vi salir a un hombre, llevaba una mascarilla en la cara. Se retiró unos metros de la puerta por la que había salido y se puso a mear. Luego, bajó la mascarilla hasta su cuello, se encendió un cigarrillo, y cuando lo hubo terminado se colocó la mascarilla para entrar de nuevo.

Agachado y a la carrera me acerqué hasta la malla de hierro y, con algo de torpeza por llevar la mano vendada, salté como pude por encima de ella. El corte se estaba curando, pero todavía me dolía. Desde allí corrí hasta unos grandes bidones de metal que estaban amontonados cerca del lugar de donde aquel tío había salido. Armé mi pistola, y me acerqué hasta la pared de la nave. Con especial atención por si alguien salía de repente, fui

239

acercándome hacia la entrada. Dentro se oía ruido, y un fuerte olor químico emanaba de los orificios de los carcomidos paneles que se sostenían en vertical conformando las paredes. Un par de pasos de aproximación después, y un agujero lo suficientemente grande me permitió observar el interior, aunque no podía distinguir bien lo que hacían, ya que parecía que el interior de todo aquel lugar estuviese forrado con plástico en su interior. Borrosas imágenes a través del plástico me permitían imaginar que al menos había cuatro o cinco personas dentro, así como máquinas que sin cesar emitían un rítmico golpeteo.

Como un gato a la caza de un ratón, me desplacé sigilosamente hasta la puerta por la que vi salir al individuo de la mascarilla, pero paré en seco cuando a través de la holgura del marco de la puerta vi que un hombre armado estaba sentado dentro haciendo guardia en una silla plegable junto a la entrada. Aquel tío llevaba una escopeta de caza automática, pero parecía estar más interesado en la Interview que ojeaba que en vigilar la entrada. Pasé de largo como un fantasma intentando no hacer ruido en busca de un lugar mejor por el que acceder. Con pies de plomo recorrí el exterior de la obsoleta edificación hasta encontrar uno de los paneles de las paredes parcialmente desprendido, el cual cedió lo suficiente como para que me colase dentro.

La parte de la nave a la que accedí no estaba cubierta con plásticos, parecía un cuarto en el que antiguamente tendrían maquinaria, pues había varias tomas de corriente en la pared, reconvertido entonces por los hombres de Cruz en un pequeño almacén de bidones con etiquetas de "Muy inflamable" junto a varias bobinas de papel de celulosa para limpiarse las manos. En una esquina había una puerta. Me acerqué e intenté abrirla. No tenía cerrojo alguno, así que la abrí un par de dedos y observé el interior. En aquella parte había varias mesas de gran tamaño con fluorescentes sobre ellas para iluminarlas y dos hombres que se afanaban en llenar una báscula con lo que parecían pastillas para luego ser embolsadas. Aquello debía ser un laboratorio de éxtasis o anfetaminas. Al fondo estaba la gran burbuja de plástico que lo cubría todo y del que salía una persona con un saco con más pastillas. Allí es donde cocinaban la mezcla y donde estaba la máquina que prensaba el polvo para hacer las pastillas.

Enseguida mi cabeza comenzó a divagar pensando en cómo podría acercarme lo suficiente a Jaime Cruz en aquel lugar, pero el exterior era campo abierto y sería un blanco fácil para sus escoltas, y el interior sería una ratonera de la que no saldría vivo. Actuar allí era una misión suicida, así que decidí que visitaría los otros lugares en los que el GPS decía que mi objetivo había estado. Fue entonces cuando, al girarme para abandonar el lugar, me topé con uno de los bidones que allí se encontraban apilados y me vino a la cabeza aquellos dos hijos de puta que El Diablo me había enviado. Esperando que me diese tiempo suficiente para escapar de allí, abrí una de las bobinas de celulosa y comencé a desliarla por el suelo a modo de mecha, abriendo la tapa de uno de los bidones y metiendo un extremo dentro. El otro extremo lo saqué por fuera del panel de la pared después de que saliese de allí. Entonces, saqué el mechero, y prendí el papel alejándome a toda prisa.

Casi había llegado hasta el coche cuando se oyó una descomunal explosión y una bola de fuego y humo se alzó en el cielo como si una bomba hubiese caído en aquel lugar. El atardecer estaba engullendo estrepitosamente la luz del día, pero la llamarada lo iluminó todo alrededor permitiéndome que cuando mirase por el espejo retrovisor estando ya dentro del coche pudiese ver a lo lejos gente en medio del camino corriendo para alejarse de allí. Supongo que el humo y el olor de la celulosa quemándose les alertó dándoles tiempo a ponerse a salvo.

Mientras me alejaba, un sentimiento de regocijo se apoderó de mí pensando en la ingente cantidad de dinero que había hecho saltar por los aires. Había golpeado al Diablo donde sin duda más le dolía, pero no pensaba parar ahí, mi siguiente destino estaba en el GPS. Recuerdo que entonces un ataque de cordura vino a mí. Debía ser cauto, si alguien hubiese visto todo aquella celulosa esparcida por el suelo, y de seguro así era, El Diablo sabría que no había sido un accidente, por lo que doblaría la seguridad para blindar sus negocios y sería difícil acercarme a ellos. Debía esperar.

El momentáneo subidón de adrenalina y alegría habían desaparecido mientras conducía para dirigirme a reunirme con mi familia en el hospital, la mirada y palabras de mi mujer volvían a mi cabeza. La tristeza se me anudaba de nuevo en las entrañas. Por momentos sentía que mi vida era un vagón de tren descontrolado cayendo cuesta abajo por una vía muerta que acababa en un profundo precipicio.

17

Eran las siete de la mañana cuando Irene me despertó. Acababa de llegar de casa. Laura y yo habíamos logrado convencerla la noche anterior de que se fuese a casa a dormir para despejarse un poco y que se relajase dándose una larga ducha. Aunque es algo que por supuesto hizo a regañadientes, y no sin discutir conmigo acaloradamente en el pasillo durante un rato aprovechando la ocasión para echarme en cara los trapos sucios y recriminarme de nuevo todo aquello que le venía a la memoria.

La medicación que le habían estado dando a mi hija le había subido el ánimo y se encontraba algo mejor, aunque seguía sintiéndose completamente agotada. Seguramente en el transcurso del día sabríamos algo más, ya que a las diez de la mañana estaba programada la resonancia que nos diría el estado del corazón de nuestra hija.

—¿Cómo ha pasado la noche?

—Bien, ha dormido del tirón hasta las seis de la mañana cuando han venido a sacarle sangre —respondí.

Un escueto beso la acercó hasta mí mientras Laura se desperezaba al oírnos hablar.

—Hola, mi vida —se aproximó para besarla en la frente, justo cuando mi teléfono comenzó a vibrar e Irene hizo como si no lo hubiese sentido.

—Voy un momento fuera. He de responder —no me dijo nada.

Salí de la habitación dirigiéndome hacia los servicios de las visitas para orinar mientras respondía.

—Inspector Velázquez, dígame.

—Buenos días, inspector. Soy Domínguez, de la GRECO. Recibimos su correo en el que nos decía que no reconocía a ninguna de las personas de las fotografías. Queremos agradecerle su colaboración, y nos hacemos cargo de la pesadez de ver tantas fotografías e intentar que reconozca caras que quizás pudiese haber visto hace tanto tiempo, pero nos gustaría enviarle unas fotografías que tenemos más actuales con el fin de que le puedan refrescar la memoria.

—Sí, por supuesto. En cualquier cosa que pueda ayudar... —respondí amablemente, pero extrañado ante la insistencia de que viese más fotografías.

—De acuerdo. Se las envío entonces. Esperamos sus noticias —se despidió y colgó.

Cuando volvía del servicio el dichoso móvil nuevamente reclamaba mi atención, pero aquella vez era Ulises.

—Dime.

—Buenos días, inspector. Tengo algo curioso.

—¿El qué?

—He indagado sobre los padres de Belinda García, tal y como me dijo. El nombre completo del padre es Mariano García Mena, y el de la madre María Monje Barrado. Y no se lo va a creer. Según el registro civil, la madre de Belinda murió a la temprana edad de diez años.

—¿Qué?

—Eso mismo me dije cuando lo leí. En la partida de nacimiento de Belinda aparecen esos nombres como sus padres, pero en el registro de Zaragoza hay una entrada de defunción con el nombre y apellidos de la madre, por lo que, o nos ha dado un nombre falso, o su madre se cambió el nombre suplantando la identidad de otra persona.

—Vale. Tendremos que ir de nuevo a hacerle una visita.

—El comisario me ha ordenado que vaya con Pérez a Valdemoro, creo que es un homicidio por violencia de género. Si quiere le digo al comisario que me usted me requiere —apuntó.

—No, no, no te preocupes. Me acerco yo a hablar con ella y luego comentamos —colgué.

De vuelta a la habitación Laura ya estaba completamente despierta, había inclinado el respaldo de la cama para estar en

245

una posición más cómoda, y charlaba con su madre sobre la pequeña disputa que tuvimos la noche anterior. Las dos se callaron de golpe cuando entré.

—Bueno, he de irme, pequeña —me acerqué para despedirme—. No te preocupes por la prueba, a mí me la han hecho y solo es un rato incómodo en el que no te puedes mover mientras un ruido ensordecedor te martillea un poco los oídos.

—Lo sé, papá. No te preocupes y vete, sé que tienes mucho que hacer —me decía comprensiva, a diferencia de su madre.

Les di un beso a las dos, y abandoné la habitación.

Tras un liviano desayuno en un bar que había al lado de donde había aparcado, me encaminé hacia la casa de Belinda, quien abrió la puerta sorprendiéndose ante mi visita.

—Buenos días. ¿Me permite pasar?

—Si, por supuesto, si no le dejo entrar vendrá con una orden que le autorice a hacerlo quiera o no —me echó en cara.

—No invadimos la casa de nadie si no tenemos motivos para hacerlo, créame. Pero nos mintió con lo de su sobrino.

Sin decir nada se giró y me miró mientras accedíamos al salón y se sentaba en la butaca en la que siempre lo hacía.

—¿Puedo? —pregunté señalando el sofá que estaba a su lado.

Ella asintió con la cabeza y yo me senté, y justo cuando iba a comenzar a hablar y decirla el porqué de mi visita, mi vista comenzó a nublarse a la vez que un incómodo mareo perturbaba mis sentidos por un segundo, volviendo a la normalidad inmediatamente después. Aunque no podía creer lo que veía tras aquel pasajero malestar. Aquella impoluta casa en la que el día anterior habíamos estado efectuando un registro ya no era tal. Las paredes del salón estaban garabateadas y llenas de símbolos, el suelo sucio y polvoriento con el mismo polvo negro que la adivina tenía y la cara de aquella mujer se tornó oscura y arrugada ante mis ojos.

—¿Está usted bien? —me dijo mirándome a la cara con gesto de preocupación —. ¿Quiere un vaso de agua? Se ha quedado un poco pálido.

—Sí, por favor —respondí mientras me llevé las manos a la cara para frotarme los ojos e intentar salir de aquella horrenda visión que sin saber por qué me había asaltado.

Fue entonces cuando recordé las palabras de la vieja de la tienda esotérica y el amuleto que me había dado. Estaba sudando, pero tras respirar hondo un par de veces logré controlarme y actuar como si no estuviese viendo nada de aquello. No podía creerlo, y si hubiese tenido que explicar lo que me estaba sucediendo de una forma racional no hubiese podido hacerlo, pero aquel amuleto debía estar permitiéndome ver el espectro mágico de aquella casa y de aquella mujer.

—Tenga —me dio el vaso de agua.

Iván Moncada

—Gracias —dije observando que el agua era negra como el carbón, por lo que disimulé e hice como si bebiera sin dejar que el horrendo líquido entrase en mi boca.

—¿Mejor?

—Sí. Gracias nuevamente —me aclaré la voz —. Como pretendía decirle, a raíz de haber investigado a sus sobrinos y a su familia, hemos encontrado algo que nos ha parecido bastante extraño. Nos dijo que el nombre de su madre era María, ¿verdad? —intentaba dar un pequeño rodeo para no asaltarla directamente y decirla que también nos había mentido con el nombre de su madre.

—Sí. María Monje Barrado, ¿por qué? —decía con curiosidad.

—En realidad es porque en el registro civil de Zaragoza nos aparece como que su madre murió con diez años.

—¿Cómo? —decía sorprendida.

Pero lo que yo vi era algo muy distinto. Aquella cara oscura y siniestra iba y venía junto con las visiones que inundaban aquella casa, y justo cuando ella respondió aquello, unas tenues y desagradables voces que parecían pulular a mi alrededor musitaban "Lo sabe, él lo sabe".

—Es por eso que quería venir en persona para preguntarle si supiera o tuviese usted constancia de que su madre se hubiese cambiado de nombre.

—No, mi madre nunca me dijo nada de eso, desde luego. Pero quién sabe, dese cuenta de que cuando mi madre nació los papeles no se llevaban igual que ahora, además de haber pasado una guerra civil de por medio —su cara se volvía normal ante mis ojos diciéndome aquello.

—Sí, es por eso que se lo pregunto. Hay gente que con lo de la guerra se cambió el nombre para evitar persecuciones políticas. Solo quería asegurarme y corroborarlo con usted —acabé, deseando salir de allí —. No la molesto más, señora García.

Solo había estado dentro de aquella espeluznante casa cinco minutos, pero me habían parecido una eternidad. La verdad es que creía que me estaba volviendo loco. Tenía que haber una explicación lógica para lo que me estaba sucediendo "Esas cosas no existen, Julio, no existen" me dije mientras bajaba las escaleras y salía del portal. Más relajado, y ya sentado en el coche, comencé a pensar en todo aquello buscando una explicación plausible, pues desde que estuviese el día anterior en el laboratorio de éxtasis que hice volar por los aires, una molesta irritación y escozor en las fosas nasales y garganta me había acompañado. "Eso es. Te has intoxicado con los vapores del contenido de los bidones. Por eso ves alucinaciones" me convencía a mí mismo, arrancando para dirigirme a comisaría.

Al llegar a la central el comisario se acercó a mí para preguntar por mi hija. Era un hombre recto pero amable. Si se hubiese enterado de lo que hacía en mi tiempo libre me hubiese encerrado sin pensarlo dos veces. De refilón oí a un par de compañeros comentar algo que habían escuchado en las noticias y que posteriormente habían confirmado en comisaría, un laboratorio de droga sintética había estallado en mil pedazos la tarde anterior.

—Menos mierda en la calle —dijo uno alegrándose, como hacíamos la gran mayoría cada vez que escuchábamos una noticia parecida.

Sin tapujos encendí el ordenador y abrí mi correo. Ulises no estaba cerca, así que no tendría que responder a posibles preguntas incómodas. Allí estaba, un nuevo email del tal Domínguez. Cliqué dos veces en los archivos adjuntos y una ristra de iconos de archivos JPG aparecieron en una carpeta. Los seleccioné todos y le di a "ver imágenes". Como ocurriese la vez anterior, montones de caras ocupaban todas y cada una de las fotografías. Algunas de ellas dejando bastante que desear en cuanto a enfoque se trataba, pero sin duda lo suficientemente buenas como para que cuando visualizase dos de ellas en concreto se me cortase la respiración.

Ahí estaban, en el monitor de mi escritorio frente a mí, la cara de aquellos dos tíos que me siguieron y me intentaron atacar en la entrada del parking de la Plaza Mayor. "Mierda" pensé, cuando pasé más imágenes y para mi sorpresa aparecían otra vez, con la cara sangrando y esposados. Seguramente el guarda del parking habría llamado a la policía tras ser alertado por aquellas chicas, las cuales, aunque solo fuese de perfil y por unos breves segundos, estaba seguro de que me vieron la cara.

Creo que aquel correo era una clara advertencia, la GRECO andaba tras El Diablo y me pedían que me controlase. Seguramente, después de haberme cargado al Chulo y haber reducido a cenizas el laboratorio de Colmenar Viejo, Jaime Cruz se había puesto demasiado nervioso y estaba aumentando la seguridad en sus negocios y alertando a su gente poniéndoselo difícil a los de la GRECO, quienes seguramente tendrían a alguien dentro. En aquel momento caí en la cuenta de por qué aquellos tíos del Golf verde salieron corriendo cuando vieron que me acercaba a ellos en vez de hacerme frente. "¡Joder!, que estúpido" me dije, no eran hombres de Cruz, eran de la GRECO, me estaban siguiendo, y seguramente lo habrían estado haciendo desde entonces.

Mis posibilidades para cazar a Jaime Cruz habían disminuido drásticamente, pero no podía dejarlo así sin más, sabía quién era yo, y tarde o temprano vendría a por mí o a por mi familia. Tenía que acabar lo que había empezado, pero estaba claro que aquel día no era uno de los mejores, necesitaba parar y aclarar las ideas, más aun cuando estaba inquieto por Laura, así que me dirigí al comisario y le pedí el resto del día para estar con mi familia.

Cuando llegué al hospital acababan de subir a Laura. Irene casi no se podía creer que estuviese allí y hubiese dejado el trabajo a un lado para estar con ellas. Poco después repartieron las bandejas de comida y Laura se lo comió todo. Parecía hambrienta. Aquello nos alegró y dio esperanzas a su madre y a mí, pues cuando uno tiene hambre siempre es un signo de mejora y

251

recuperación. Pero fue cerca de las cinco de la tarde cuando el doctor de mi hija entró en la habitación para hablar con nosotros. La resonancia de aquella mañana y las anteriores pruebas que la hicieron desde que entrase en urgencias apuntaban todas a un mismo diagnóstico. No solo tenía problemas cardiacos, sino que su corazón se estaba muriendo. Mi hija iba a morir irremediablemente si no recibía un trasplante.

Al recordar aquello de nuevo volví de sopetón al presente, sintiendo la angustia que durante toda la mañana me había acompañado abriéndose ahora camino a través de mis entrañas, despedazándome y devorándome por dentro como una piraña.

—Laura —pronuncio su nombre tembloroso, notando como un torrente de lágrimas se abre paso por mis mejillas.

Los del cementerio han logrado sacar la máquina del agujero y ya la han situado en paralelo al nicho en el que van a introducir el féretro. Ahora veo cómo Irene se abalanza sobre el ataúd envuelta en una tormenta de llantos mientras su hermana, primas y tías la arropan compartiendo su dolor. Yo apenas puedo reaccionar, me tiembla todo el cuerpo. No sé qué me ha pasado, desde que llegué al cementerio mis pensamientos han evitado que pueda recordar por qué estábamos aquí y por qué no está Laura con nosotros. Mi mente se ha debido bloquear y desconectar por el dolor tan devastador que ahora siento intentando separarme de la tragedia de la muerte de mi hija para evitar que me vuelva loco.

Iván Moncada

Como puedo, con cortos y pesados pasos, comienzo a andar hacia dónde está mi mujer, nuestros familiares, y aquella horrenda caja de madera que se lleva a mi princesa consigo dentro. Un lamento incontrolado e inconsciente comienza a salir de mi boca mientras maldigo.

—¡¿Por qué?! ¡¿Por qué has dejado que ocurra?!

El viento mece con más fuerza los árboles e intenta secar mis lágrimas, pero mis ojos no lo permiten, como presas a punto de desbordarse abren las compuertas llenando el caudal de los ríos cuyos meandros han dejado huella sobre mis mejillas. Me tiembla la barbilla. No puedo articular palabra mientras me abro paso entre nuestros familiares y amigos, rotos por ver cómo la muerte se ha llevado a alguien tan joven, y ante la desesperación de mi mujer, a quien le ayudan a levantarse y separarse del ataúd.

Más rezos en forma de cánticos ponen fondo a nuestro desesperar de sollozos y quejidos. Es el cura, quien acompaña los últimos momentos de mi hija a la luz tenue del sol que también, con pena, parece despedirse de ella acariciando la barnizada y brillante madera de, para mí, tan horrible caja de árboles muertos. La máquina comienza a emitir un sonido lastimoso, como diciendo, "¡no, es muy joven como para sepultarla en esta pared de pena e inconclusas historias!" mientras eleva a mi hija y yo sólo alcanzo a ver en mi mente a un ángel que la alza en sus brazos hasta aquel minúsculo agujero de descanso eterno que no es más grande que el maletero de un coche.

Iván Moncada

—¿Por qué no me has llevado a mí en su lugar? —pregunto con la visión nublada por tanta lágrima.

De repente un movimiento rápido de personas a mi lado, seguido de un sonido generalizado de sorpresa y alerta, me llama la atención. Mi mujer se ha desmayado. Siento ganas de darme un guantazo a mí mismo. No puedo, mejor dicho, no sé cómo reaccionar. Si no fuese por mi primo Francisco, quien a pesar de no parar de llorar como yo lo hago ha cogido a Irene en vilo a tiempo, mi mujer se hubiese golpeado la cabeza contra el suelo. Noto cómo la gente me mira indirectamente.

Como cuando un granjero siega la vida a un vivaz y ruidoso animal para poder alimentar a su familia, la máquina queda muda e inanimada. Ahora los operarios ponen una escalera para llegar hasta donde está el féretro de Laura, en la tercera fila de nichos contando desde abajo. Irene parece recobrar el conocimiento mientras el operario mira al cura, quien mira a mi mujer y después le hace un gesto de aprobación. Sin demasiado esfuerzo, pues el ataúd está sobre una base de rodillos, la figura del enterrador, quien antiguamente tenía una reputación oscura y misteriosa y ahora tan solo es un hombre más, vestido con un mono de trabajo azul, empuja aquello que los antiguos egipcios llamarían sarcófago y en cuyo interior se va mi princesa, mi pequeña Cleopatra, sin que en esta vida le hubiese dado tiempo a alcanzar su trono y poseer su propio reino.

—Polvo somos, y en polvo nos convertiremos… —escucho decir al cura.

Nichos de Paz

Siento que me fallan las piernas y me voy a desplomar, así que me echo a un lado pidiendo paso a amigos y familia hasta llegar al lado contrario a donde todos ellos están y caigo de rodillas sobre el césped. Luego me llevo las manos a la cara y rompo a llorar abiertamente envuelto en desesperación inclinándome hacia delante, apoyando mi cabeza y antebrazos en el suelo. No encuentro consuelo en mis pensamientos intentando imaginar la cara de mi hija sonriéndome y llamándome papá, mientras puedo oír cómo baten con la paleta el cubo de cemento para sellar el nicho con rasillones cerrándolo para siempre, hermetizando las juntas para que nada salga o entre de allí, y posteriormente oyendo manipular y arrastrar la pequeña y cuadrada losa de mármol decorativa en la que rezará el nombre de mi hija hasta situarla en la posición correcta.

Tengo ganas de vomitar, pero no tengo más que dolor y nicotina en las entrañas. Nada sale a pesar de las arcadas que me sobrevienen. Intento tomar aire fresco irguiéndome y me doy cuenta de que todo el mundo se va. La máquina ya ha sido retirada y mis familiares y amigos se dirigen a los coches. Sólo Francisco permanece a mi lado, observándome, pero cuando le miro a los ojos éste aparta la vista y la dirige hacia el nicho de mi hija.

Saco fuerzas de flaqueza y como puedo me levanto. Miro de nuevo a Francisco, cuyos ojos encharcados se despiden de mi hija con la que tanta complicidad compartía cada vez que venía a casa.

Iván Moncada

—Nos vemos —dice, a la vez que se da la vuelta y comienza a andar para dejarme solo con mi pequeña y que tengamos un último momento de intimidad.

Es entonces cuando soy yo quien mira al nicho para decir unas últimas palabras a mi princesa y despedirme antes de ir a reunirme con Irene, pues necesitamos darnos consuelo mutuo. Pero estoy aturdido, quizás demasiado, pues las letras que componen el nombre y apellidos de mi hija comienzan a temblar y desdibujarse. De repente, todo aquel monolito de cuadradas estancias funerarias comienza a ser invadido por símbolos y un juego de luces y sombras que no cesan de moverse, tal y como viese en la casa de Belinda García. Me llevo la mano al cuello y lo toco, es el amuleto, sigue rodeando mi cuello. De nuevo, y sin saber cómo, quedo atrapado en mis recuerdos.

18

Tras el varapalo que nos dieron las funestas noticias de los médicos, decidí pedir unos días de descanso para estar con mi mujer e hija. La tristeza y la aflicción nos devastaba sin remedio y, como dos devotos en espera de un milagro, mi mujer y yo no nos despegábamos del lado de nuestra hija rezando por que se recuperase y se encontrase pronto a un donante. Pero cinco días más tarde, la máquina que monitorizaba sus constantes pareció volverse loca cuando Laura sufrió un ataque cardiaco. Recuerdo ver llegar a los médicos a toda prisa con un carro de paradas y echarnos de la habitación, mientras que a duras penas podía sujetar a Irene para evitar que entrase a la fuerza, y luego para evitar que cayera desmayada al suelo al pensar que nuestra hija se había ido. Pero Dios no parecía haber reclamado su alma todavía.

La tensión que sufríamos había hecho que Irene y yo apenas cruzásemos una palabra, y las que nos decíamos, eran fuera de tono y con malos modos. No podía soportar estar allí por más tiempo viendo morir a mi hija, necesitaba salir de aquella habitación y de aquel hospital. Así que me fui a casa, a nuestro antiguo piso en el que llevaba desde que comenzase la culminación de mi obsesión por Jaime Cruz.

Estaba roto. Desesperado. Había intentado hacerme el fuerte, creía que podía con todo, pero no era así, y presa de la ansiedad vacié botella y media de tres cuartos de litro de whiskey. A cada trago que daba repasaba mentalmente todo lo que dentro de mi cabeza pululaba sobre el caso de Eulalia García y mi batalla personal contra Jaime Cruz, para así intentar no pensar en Laura y evitar hundirme más de lo que ya lo estaba. Mis sentidos poco a poco se iban entumeciendo mientras la ira se adueñaba de mí y comencé a gritar y maldecir pagando mi desdicha contra los muebles y paredes del salón. Al final, después de que el alcohol apresase mis brazos y piernas haciéndome caer de bruces contra el suelo, perdí el conocimiento.

A la mañana siguiente, sintiéndome como aquellas personas que decían haber sido abducidas por platillos volantes, desperté sin saber dónde estaba. Miré a mi alrededor. El teléfono sonaba, pero no lo veía. Todo el salón estaba patas arriba, y olía mal. Me había meado encima. Entonces recordé qué había pasado. Me había quitado la venda de la mano, los puntos tenían buena pinta, no así los nudillos de mis dos manos, enrojecidos y doloridos por haberlos golpeado contra la pared, en dónde restos de sangre y marcas dejaban constancia de mi locura.

Me puse de pie y me desnudé. Las cortinas y ventanas estaban abiertas, pero me daba igual. La luz de la ya entrada mañana bañaba mi cuerpo como los focos de un escenario iluminan a los actores, acompañándome hasta el baño, no sin antes localizar el paquete de tabaco y encenderme un cigarrillo. Media hora bajo la ducha logró que parte del dolor de cabeza con el que había despertado menguase, pero no la terrible sensación de impotencia que aún sentía.

Mientras me secaba, ya fuera de la ducha, observaba mi rostro en el espejo del baño, el cual también debí haber roto la noche anterior. Fue en aquel preciso momento cuando vino a mi mente la imagen del día que entré en el ático de Ayala y encontré el pentagrama borrado y el espejo del baño roto, visualizándolo, y dándome cuenta de algo que pasé por alto aquel día. Detrás de mí, cuando también observaba mi reflejo en los trozos de espejo que aún se sostenían en el marco, pude ver la pared opuesta que estaba justo a mi espalda. En ella se apreciaba un cambio de color, había una especie de sombra grande y cuadrada casi imperceptible, como si allí hubiese habido algo colgado, un cuadro, o quizás otro espejo con el que poder verse por detrás. No sabía qué podía significar aquello o si era importante o no, pero sentí la necesidad de ir a comprobarlo. Así que, después de vestirme y ordenar por encima el desastre que había ocasionado y encontrar el móvil detrás del sofá, tirado en el suelo, salí de casa para dirigirme hacia la calle Ayala.

Aproveché el lento descenso del ascensor de mi bloque para ver quién me había llamado. Había tres llamadas, dos de Ulises desde el móvil, y una desde la comisaría, pero ninguna de Irene. Supongo que era una estupidez, pero sentía vergüenza de llamar a mi mujer y preguntar por Laura. Sentía que todo aquello era culpa mía y no sabía qué hacer para que me perdonase. Como si yo hubiese enfermado su corazón con mis mentiras y secretos.

259

Intentando sobreponerme marqué el número de Ulises y éste contestó enseguida.

—Buenos días, Ulises. ¿Me has llamado?

—Buenos días, inspector. ¿Qué tal está su hija?

—Peor. Ayer sufrió un infarto. Pero lograron estabilizarla.

—Lo siento mucho —decía poniendo sentimiento en sus palabras, yendo después al motivo de su llamada —. Le llamaba para informarle del resultado definitivo de la autopsia de Eulalia García Martín. La hemos recibido esta mañana. Según indican los forenses, doña Eulalia estaba como quien dice ya muerta antes de que la asesinasen, por lo visto tenía un cáncer terminal con metástasis por casi todo el cuerpo. Han accedido a los informes médicos de la víctima y no le quedaba más de un mes o dos de vida.

—Joder. Esta vida es una puta mierda —dije sin pensar, dejando que parte de mi frustración se liberase con un suspiro que enfatizaba mi dolor.

Mis palabras dejaron al joven Ulises mudo, sin saber qué responder durante unos segundos —Si hay algo que yo pueda hacer —dijo cohibido.

—No. Muchas gracias. Quiero acercarme al ático de Ayala a dar una vuelta e intentar aclarar las ideas sobre el caso.

Dile por favor al comisario que estaré todo el día fuera, que le llamaré por la tarde.

—Si quiere que vaya yo… —se ofreció

—No, no te preocupes. Necesito hacer algo para tener la mente ocupada y salir a que me dé el aire. Si hay alguna novedad, llámame —colgué.

Treinta minutos más tarde estaba aparcando en Ayala, frente al edificio que albergaba la escena del crimen. Mi cuerpo era una montaña rusa de emociones acentuadas por la resaca, el mal cuerpo del primer cigarro de la mañana y el hambre que asolaba mi estómago desde el día anterior por la tarde, cuando me comí uno de esos caros e insulsos bocadillos de la cafetería del hospital, justo antes de que el corazón de Laura nos asustase a todos y me cortase la digestión. Por lo que, lo primero que hice nada más salir del coche fue meterme en un bar que había en la esquina contraria del cruce en donde se erguía aquel edificio.

—Buenos días. Un café con leche y una napolitana de crema, por favor —me dirigí al camarero, un hombre pasada la cincuentena, que charlaba amenamente con uno de sus clientes, uno de esos que tenían pinta de pasarse el día en el bar sin nada mejor que hacer.

El atemperado café con leche del tiempo, tal y como lo pedí, y la sabrosa napolitana comenzaban a hacer cuerpo en mí cuando algo llamó poderosamente mi atención. La conversación

Iván Moncada

que el camarero mantenía con aquel hombre era sobre el asesinato de la señora Eulalia, mujer más que conocida en el barrio, y motivo por el que su fallecimiento y lo extraño y misterioso de éste había corrido como la pólvora por el barrio.

—Han tenido que ser los hijos. ¿Quién si no iba querer matar a la pobre Eulalia? Si esa mujer era buenísima persona —decía el cliente.

—Seguramente, en esas familias de tanto dinero al final acaban apuñalándose los unos a los otros. Es como en las telenovelas que ve mi mujer.

—Y eso que ni siquiera venían por aquí desde hace años. Pero seguro que quemaron toda la pasta que heredaron del padre y se la cargaron para quedarse con el resto.

—No te diría yo que no. Además hace no mucho vi a la hija por aquí, entrando en el portal. Que por cierto, hay que joderse como ha crecido la niña y lo buena que se ha puesto —resoplaba el camarero, riendo mientras sacudía la mano en el aire —. Quien la pillase, rica y con cuerpazo.

—Perdone, ¿Cuándo vio a la hija de la señora Eulalia? —pregunté

—¿Conocía a la señora Eulalia?

—No exactamente —le mostré mi placa —, soy el inspector que lleva el caso.

Noté cómo los dos hombres se tensaban al decir quién era, preocupados por si habían dicho algo que no debieran o que pudiese comprometerles.

—No sé, solo estábamos comentando sobre lo que se oye por el barrio —argumentaba nervioso el camarero.

—No se preocupen, no pasa absolutamente nada. Pero me gustaría que hiciese memoria y me dijese cuándo vio exactamente a Maricarmen Boada.

El corpulento y barrigudo camarero comenzó a frotarse la barbilla a la vez que miraba al suelo intentando recordar cuándo fue aquel día que le comentaba al otro hombre que la vio entrar en el portal.

—Pues hará dos semanas, creo recordar —movía ligeramente la cabeza —. Sí, fue justo el día que vinieron a repararme esta cámara de aquí, donde guardo los refrescos —le venía finalmente a la memoria.

—Entonces, eso fue exactamente el martes de hace dos semanas. Me acuerdo que me dijiste que por la tarde te iban a venir a reparar la cámara —añadía el otro hombre, amarrado confortablemente al taburete cual rey a su trono.

—¿Sabría decirme la hora a la que vio a la señorita Boada?

Nuevamente se quedó pensativo —Pues fue poco después de que comenzase el partido de la Previa de la Champions, jugaba el Molde contra el Dinamo.

263

Iván Moncada

—¿Y a qué hora comenzaba el partido?

—A las siete en punto —respondió.

No lo podía creer. La conversación que mantenían aquellos dos hombres y mi necesidad de desayunar acababan de desmontar la coartada de Maricarmen Boada para la tarde del asesinato de su madre.

Sin más preámbulos apunté los nombres y apellidos de aquellos dos sujetos y crucé la calle para entrar en el portal del edificio de la víctima. De nuevo me encontraba en el majestuoso ascensor de la finca, pero aquella vez no disfruté deleitándome con el lento y relajante ascenso, pues mi cabeza era un hervidero al cual las llamas del fuego de mi dolido corazón por el problema de mi hija no paraba de alimentar azuzado por la desesperación y angustia que a cada momento me ahogaba un poco más.

Un par de minutos después estaba cruzando el umbral de la puerta de entrada. No habían pasado ni tan siquiera tres semanas desde la primera vez que estuve allí, pero tenía la sensación de que hubiesen sido años. Un torbellino de indómitas sensaciones atrapó todo mi cuerpo cuando accedí al dormitorio principal y, de reojo, pude ver el baño, cuya puerta estaba abierta y aquel espejo que de una forma extraña me había sumido en una marea de pesadillas y sueños perturbadores, parecía mirarme.

Con pasos suaves, intentando no llamar la atención a pesar de estar solo en aquella inmensa vivienda, me acerqué a la marmolada estancia temeroso de los pedazos de espejo que aún colgaban y afilados como navajas me esperaban. Me situé frente a él y miré más allá de mi reflejo, tal y cómo había hecho poco rato antes en mi solitario piso. Allí estaba, ese cerco que indicaba que algo había estado allí colgado durante mucho tiempo.

Receloso me giré hacia la desnuda pared, pues no me gustaba la idea de darle la espalda a aquel pozo de sueños rotos. Me acerqué, y con la palma de la mano derecha barrí la superficie de la fría piedra. Justo por encima de mi cabeza había un diminuto agujero en el que estaba seguro antes había una escarpia sujetando aquello que hubiese estado allí durante tanto tiempo como para dejar tan sutil huella. Pero era extraño, ya que la asistenta aseguró que no faltaba nada.

Mientras observaba con detenimiento, intentando imaginar qué podría haber estado allí colgado, una ligera y fría corriente de aire se acercó a mí por la espalda, como si el aliento de alguien o algo me susurrase mi nombre en la nuca. Espantado, me giré y pegué la espalda a aquella pared que, desde que me mirase en el espejo de mi casa, se había colado en mi mente como una obsesión. Las pulsaciones de mi apaleado corazón se habían disparado, no podía creer lo que veía, el negro fondo sobre el que los pedazos de espejo descansaban parecía haber cobrado vida, podía notar cómo el aire entraba y salía de él, casi como si respirase. Luego, mientras permanecía petrificado, y casi tan blanco como el mármol sobre el que me apoyaba, comencé a ver algo más que mi reflejo en los amenazantes pedazos de espejo. Había letras. Había letras que formaban frases en tres líneas una bajo la otra dentro de aquel cerco que estaba justo a mi espalda.

265

Volviendo en mí, me separé un paso hacia un lado y giré la cabeza. Pero no había nada. De nuevo miré a través del reflejo del espejo y allí estaban de nuevo, esperando a que alguien las leyese, pero debido a la distancia a la que me encontraba no podía visualizar bien todas las palabras a la vez, además de estar en sentido inverso al tener que ser leídas a través del reflejo de los pocos pedazos del reflectante cristal que en forma de colmillos colgaban de aquella especie de boca sin fondo la cual parecía querer que me acercase para engullirme.

Durante varios segundos vacilé sobre qué debía hacer, pero finalmente, tras una profunda exhalación en la que expulsé parte del miedo que me bloqueaba, me acerqué hasta él y comencé a leer.

"Fruto de amor u odio nacen sin ellos saber, más cuando crecen tu corazón roban en un santiamén. Es la sangre por la que se vive o se muere, estate seguro de quién la tuya merece"

Justo cuando terminaba de leer aquellas ambiguas palabras éstas desaparecieron, al igual que lo hizo el siniestro e incesante flujo de aire y la inquietante sensación de que la nada se extendía tras aquel espejo que antes adornaba esplendoroso la pared del ostentoso baño. La racionalidad de mis pensamientos luchaba a capa y espada con todo aquello que últimamente mis burlones ojos les mostraban. No entendía por qué veía todo aquello y qué significaban las palabras que habían aparecido tan misteriosamente como habían desaparecido. Pudiera ser que intentasen decirme que eran los hijos de la víctima, en concreto

Maricarmen Boada, quien de tan vil forma hubiese acabado con la vida de su madre, pero todo aquello me sobrepasaba, más aún con la acuciante ansiedad que por dentro me devoraba.

Algo tembloroso abandoné el lugar, necesitaba tomar el aire y pensar cómo podrían encajar las piezas de aquel jodido y enrevesado puzle. A ratos me venía a la cabeza la pesadilla en la que Jaime Cruz perseguía a Laura, haciendo que mi cuerpo se estremeciese por la ira. Estaba comenzando a perder el control, pero era consciente de ello, por lo que todavía sentía que podía manejar la situación y poner fin al que creía era el origen de todos mis males a pesar de la advertencia del inspector de la GRECO.

De camino al coche me encendí un cigarrillo, y cuando fui a abrir la puerta sorprendido me di cuenta de que en tan solo tres caladas lo había incinerado. Estaba nervioso, muy nervioso. Una vez dentro del vehículo abrí la guantera y saqué el GPS que vigilaba por mí los pasos del Diablo. Había un sitio al que acudía casi todos los días además del club de San Agustín de Guadalix, donde sin excepción se acercaba para recoger la recaudación que su primo Alfonso hacía para él, y no solo de los antros de chicas que regentaba, sino de toda la red de negocios ilegales que tenía, o por lo menos gran parte de ella, como pude comprobar cuando vi a unos de sus secuaces en el desguace de San Martín. Para mí era tan solo un punto intermitente en la pantalla de aquel aparato electrónico, pero pronto iba a averiguar de qué se trataba.

Antes de ponerme en marcha y dirigirme a Ciempozuelos saqué el móvil y llamé a Ulises. Acercarme a los dominios de Jaime Cruz era harto peligroso, más aún desde que hiciese volar

Iván Moncada

el laboratorio de Colmenar, por lo que pensé que sería mejor informarle de lo que había averiguado hablando con los tipos del bar, no fuese a ser que no volviera para contarlo.

—Hola, Ulises. Soy Julio. Tengo noticias. La coartada de Maricarmen Boada no se sostiene. Hay un bar en frente del portal de la vivienda de su madre y, adivina qué.

—¿La vieron? —preguntó excitado.

—Sí, justo la tarde en la que asesinaron a su madre, sobre las siete aproximadamente.

—Entonces la mató y se fue directamente al aeropuerto —conjeturaba convencido.

—Esa es la teoría. Lo mejor será detenerla y llevarla a comisaría. Díselo al comisario para que te envíe allí con un compañero —le dije, añadiendo —. Y avisa a la judicial para decirles que vais para allá.

—Bueno… —musitaba antes de proseguir —. La judicial ya no les está vigilando.

—¡¿Cómo?!

—Sí. El sábado recibimos notificación del juez diciendo que, en base a las pruebas aportadas y los recientes registros efectuados no habiendo encontrando pruebas acusatorias, se veía en la obligación de suspender el servicio de vigilancia judicial de los supuestos sospechosos.

Iván Moncada

—¡Mierda! ¡Joder! —exclamé estrujando el volante, quedando después un par de segundos en silencio, pensando —. Da igual. Díselo al comisario e id a detenerla. En cuanto pueda voy para allá.

—De acuerdo. Ahora mismo se lo digo —se apresuró Ulises.

Estaba realmente cabreado. Sabía que los Boada tenían muchos recursos y en cualquier momento podrían coger un avión y desaparecer. O al menos ella, pues tras el reciente descubrimiento de que su hermano pequeño tenía planes de boda seguramente él no tuviese nada que ver con lo de su madre, o por lo menos interés en huir aunque estuviese encubriendo a Maricarmen.

Mi deber hubiese sido personarme junto con Ulises en la casa que tenían los Boada en Torrelodones para efectuar la detención como inspector encargado del caso, pero mi comprensible malestar por la situación de mi hija me permitía de nuevo desviar mis obligaciones hacia otros intereses personales. Sin darme cuenta mi frustración se había transformado en un arma tan poderosa como inestable, había sacado lo peor de mí haciendo que mi determinación por acabar con todas mis desdichas recayese sobre la figura de Jaime Cruz y todo lo que él representaba. Aquel era el día. Iba a acabar con él antes de ver de nuevo el amanecer.

Estaba a punto de arrancar para dirigirme hacia mi inevitable destino cuando el móvil sonó. He de confesar que el mero sonido de aquel endiablado aparato hacía que se me encogiera el alma. No quería ni mirarlo, tenía miedo de que fuese Irene o alguien del hospital con malas noticias, pero no lo era, era un número de teléfono que conocía bien, era el teléfono de Juanjo.

—¿Juanjo?

—Hola, Julio, acabo de hablar con Ulises y me ha dicho que te llamase a ti para informarte, que tiene que ir a hacer una detención. Por cierto, me ha comentado lo de tu hija. Tiene que ser duro.

—Sí, lo es. Y mucho. ¿Qué tienes?

—Es sobre el cadáver de la Cuesta de los Ciegos, todavía no tenemos el análisis completo, ya sabes, el anatómico siempre va con retraso, pero nos han adelantado algo que estoy seguro querrás saber.

—¿Y qué es?

—Sobre la cara de la víctima han encontrado restos biológicos, en concreto algo de saliva, más de la que pudiera tener alguien a quien le han hablado estando demasiado cerca. Supongo que debió suceder cuando forcejeaban en medio del estrangulamiento. Nos han enviado la muestra y la hemos cotejado con el ADN de los sospechosos, pero es negativa. Sin embargo, y esto te va a encantar, esta mañana me preguntó Mario si debía hacer algo más con el video de los patinadores en los que se veía a Javier Boada. Le dije que de momento no, pero que me pasase el video, pues tenía curiosidad y también quería visionarlo. Y allí estaba, justo dieciséis segundos y medio después de que apareciese Javier Boada, entraba ella en escena, la mujer a la que le extraje la muestra de ADN cuando hicisteis el registro en su casa. Belinda García —le oí sonreír—. Enseguida crucé las muestras y, como sospechaba, ha dado positivo. He supuesto que querrías saberlo lo antes posible.

—No me jodas —dije atónito—. Por supuesto que quiero saberlo. Ahora mismo voy a detener a la querida tía Belinda. Toda esa familia apesta —colgué.

Aquello retrasó mis planes, pero estaba deseando poner fin al caso del macabro asesinato de Eulalia García. Si por mi hubiera sido, hubiese metido entre rejas a la tía y los sobrinos sin pensarlo dos veces. Tanta mentira, brujería y visiones me estaban desquiciando. Así qué arranqué y puse la sirena y la baliza para dirigirme a detener a la homicida de la vidente.

Esquivando coches y saltándome semáforos surcaba las calles del centro para dirigirme a la arteria principal de Madrid, la M-30. Pero resultó que no era el único que lo hacía. No me había dado cuenta, pues mis pensamientos se arremolinaban alrededor de la frase que acababa de ver en la pared del baño del ático de Ayala, pero justo cuando giré para acceder a la calle Alcalá, a la altura de la plaza de Manuel Becerra, un coche chocó contra mí arrollándome y casi haciéndome volcar.

El grueso de la colisión se había concentrado en la puerta trasera del lado del conductor, y debido a la fuerza del impacto,

271

mi coche había hecho un trompo quedando casi de frente al que me había embestido. Éste estaba parado a escasos metros del mío con el morro destrozado. Era un Audi A6 azul marino. La gente miraba asustada intentando averiguar qué había pasado debido a lo espectacular del accidente, sin embargo, cuando tres tíos bajaron del Audi y comenzaron a abrir fuego contra mí, todos comenzaron a correr en sentido contrario vociferando y gritando. Al igual que hicieron los conductores de los vehículos colindantes a los nuestros, quienes los abandonaron a toda prisa.

Enseguida saqué mi arma y respondí a la agresión. Debía hacer que se pusiesen a cubierto e impedir que siguiesen avanzando, de lo contrario sus disparos hubiesen sido más certeros y me hubieran alcanzado. Lo más rápido que pude pasé al asiento del conductor y abrí la puerta para abandonar el vehículo. Necesitaba poner entre medias de mí y aquellos disparos la máxima cantidad de protección posible. Guarecido tras mi coche asomaba la cabeza y los brazos para disparar sobre aquellos hombres, quienes estaban parapetados tras su vehículo y los pequeños árboles que adornaban la glorieta de la plaza. En el intercambio de disparos pude ver la cara de los tres individuos, reconociendo a dos de ellos. Eran aquellos dos gitanos que estaban en la puerta de entrada de la casa del Chulo en la Cañada Real.

Como alimañas, aquellos sujetos comenzaron a acercarse para darme caza, por lo que comencé a moverme cubriéndome tras los coches que el resto de conductores habían abandonado. Un golpe de suerte hizo que la escopeta de uno de los tíos que vi en la Cañada se encasquillase y le abrí el pecho de dos disparos. El otro comenzó a gritar como si le estuviesen matando. Supuse entonces que debían de ser familia, porque salió de la protección que le ofrecía una furgoneta de reparto y comenzó a disparar mientras andaba hacia mí con cara de rabia y lágrimas en los ojos.

De repente, comencé a oír un par de pistolas más que venían por mi derecha, por la subida de Alcalá desde la Plaza de Toros de Las Ventas. Eran dos policías municipales, habían oído el accidente, así como los disparos y a la gente gritando. Lógicamente, habían visto que había un "k" de la nacional, todavía con la sirena haciendo ruido y la baliza giratoria azul llamando la atención, identificando de inmediato que yo era el conductor y necesitaba ayuda. Algunos de los disparos de los agentes alcanzaron la pierna la izquierda y el torso del enfurecido gitano haciéndole caer al suelo. Yo por mi parte había logrado desplazarme hasta tener una buena visual del otro hombre y le di en el hombro y el abdomen.

De repente el tiroteo cesó. Los agentes y yo nos miramos mientras colgaba mi placa al cuello, por sus caras podría haber jurado que era la primera vez que abrían fuego contra alguien de verdad. Les agradecí su ayuda, por supuesto, y me dirigí al coche para apagar la sirena y la baliza, aunque enseguida fueron otras las sirenas que irrumpieron en escena. La caballería había llegado. En aquel momento me di cuenta de que El Diablo estaba tan desesperado por acabar conmigo como yo lo estaba por acabar con él. Me parecía increíble que me hubiesen atacado de

273

Iván Moncada

aquella forma, a plena vista de todo el mundo y en casi el mismo centro de la ciudad.

No mucho después los compañeros acudieron para hacer un informe de lo ocurrido, al igual que dos grúas para retirar los vehículos y tres ambulancias para llevarse a los dos hombres heridos y al que había caído cadáver. En cuanto se acabó el espectáculo volví con uno de los compañeros a comisaría, donde presté declaración teniendo que mentir nuevamente y decir que no sabía por qué aquellos individuos me habían embestido y la habían emprendido a tiros conmigo. El comisario me llamó a su despacho y durante un rato hablamos de mi situación. Como era lógico pensaba que aquel incidente quizás hubiese podido haber sido provocado por el estrés que soportaba o por lo menos haber precipitado que algo como aquello sucediese. Sabía que si no accedía a tomarme un descanso más prolongado para ocuparme del problema de mi hija sería él quien me forzaría a tomármelo suspendiéndome durante un tiempo, así que le prometí que al acabar el día, y tras la detención de Maricarmen Boada y Belinda García para poder interrogarlas como acusadas por el asesinato de su madre a una y el de la vidente a la otra respectivamente, me tomaría ese descanso. Con cara de preocupación el Comisario accedió y llamó al parque automovilístico para que me facilitaran otro vehículo.

Debía moverme rápido, porque si aquellos tíos que me habían intentado matar cantaban, seguramente la GRECO se metería de por medio y no solo me tendría que tomar un tiempo de descanso, sino que seguramente me detendrían al investigar y averiguar las cosas que había hecho.

Veinte minutos más tarde estaba dentro de un Citroën C4 de camino a casa de Belinda García. Parecía que la tensión del tiroteo me había ayudado a soltar algo de la ira contenida que me atormentaba y mi cabeza estaba algo menos enturbiada, no así mi cuerpo, ya que me dolía levemente el costado izquierdo al haberme golpeado contra la puerta cuando el otro coche se empotró contra mí. Me acababa de poner el chaleco antibalas, y no el que nos daban como equipación en el cuerpo, aquel grueso y pesado chaleco, sino uno de Kevlar de mi propiedad, lo suficientemente fino como para llevarlo por debajo de la camiseta y disimularlo con una camisa abierta por encima. Me sentía como un esquiador de alta montaña al que un descomunal alud le perseguía desde lo más alto de la cima y al cual le iba a alcanzar y pasar por encima sin remedio.

No paraba de mirar por los retrovisores. Desconfiaba de cualquier coche que se ponía a mi altura, y llevaba la pistola amartillada con el cargador lleno entre mis piernas, preparada por si necesitaba abrir fuego de inmediato. Ciertamente mi comisario tenía razón en pensar de la forma en que lo hacía a pesar de mis muchos años de servicio y experiencia, era un peligro para mí mismo y para los demás. De hecho, nada más aparcar en batería a los pies del edificio de Belinda un muchacho que pasaba por detrás de mi coche, justo cuando yo me bajaba de él, me asustó al subirse impetuosamente la mochila que colgaba de su brazo y se le estaba escurriendo. Mi reacción no fue otra que la de dar un paso al frente hacia él y apuntarle con mi arma. Aquel pobre niño se quedó helado y rompió a llorar. Después de lo que me había ocurrido tenía los nervios a flor de piel.

—Vete —le dije guardando la pistola.

Con disimulo llevé la cabeza de un lado al otro mientras me alejaba del coche para asegurarme de que nadie me siguiese y de que no hubiesen visto aquella deplorable escena. Necesitaba calmarme, así que de nuevo recurrí a una de esas enrolladas y empaquetadas dosis de nicotina.

El humo colmaba mis pulmones y mi cerebro se ralentizaba tan solo un poco, pero lo suficiente como para que surtiese el esperado efecto calmante. Aunque no duró demasiado, pues mi bolsillo comenzó a vibrar augurando nuevas noticias. Era Ulises.

—¿Sí?

—Inspector. No logramos localizar a Maricarmen Boada. El chalé de Torrelodones está vacío, y hemos acudido al piso de Santa Clara y tampoco está, ni ella ni su hermano.

—Joder —suspiré negando con la cabeza mientras frotaba mis ojos —. Lo sabía. Sabía que iba a pasar esto.

—¿Qué hacemos? Juanjo me comentó que hay pruebas contra la tía.

—Acercaos al juzgado, informad al juez de que tenemos pruebas incriminatorias fehacientes y de que el riesgo de fuga es alto. Necesitamos que curse una orden de fuga y captura contra María del Carmen Boada García. Después enviad la alerta para que llegue lo antes posible a aeropuertos y fronteras. Yo estoy a punto de subir a casa de Belinda para detenerla. Nos vemos en comisaría.

—De acuerdo —acabó Ulises.

Una última calada consumió lo que quedaba del cigarrillo y lo lancé con una toba al medio de la acera. Luego me giré y entré en el portal. Escalera tras escalera llegué hasta la puerta de aquella mentirosa mujer que había jugado con nosotros mostrándonos su mejor sonrisa, valiéndose de su edad y aspecto amable para apartar las miradas sobre ella. Con pulso firme llamé a la puerta dos veces con el puño, pero nadie abría.

—¡Belinda García! ¡Soy el inspector Velázquez! ¡Abra la puerta! —elevé la voz, a la vez que golpeaba una y otra vez la antigua puerta, ya sin brillo por el paso de los años y la falta de una mano de barniz.

No había respuesta alguna a mis intentos de ser oído en caso de que quizás estuviese en el baño o durmiendo. Pero al acercar la oreja y apoyarla sobre la inerte superficie de madera oí un lamento que parecía de auxilio.

—¡¿Belinda, es usted?! —grité aporreando entonces con la palma de la mano.

277

Iván Moncada

Poniendo la máxima atención posible e intentando agudizar el oído posé mi oreja de nuevo sobre la puerta. Estaba seguro, oía ruido dentro, en concreto lo que a mi juicio parecía una persona ahogándose o vomitando. Con las dos manos agarré el pomo de la puerta y la sacudí comprobando si estaba bien cerrada y valorando si podría forzarla o echarla abajo. No parecía que estuviese echado el cerrojo y no había tiempo, estaba seguro de que le estaba ocurriendo algo, por lo que decidí intentar abrirla a patadas. No quería que se librase, quería que acabase en la cárcel si había sido ella quien asesinó a la joven vidente de la Cuesta de los Ciegos.

Patada tras patada la puerta se bamboleaba cogiendo cada vez más holgura, hasta que por fin, el trozo de madera del cerco que hacía tope contra el resbalón saltó por los aires.

—¡¿Belinda?! —pregunté mientras accedía a la vivienda dirigiéndome hacia el salón.

Desde el umbral de la entrada al salón una visión que no hubiese podido imaginar ni en la peor de mis pesadillas golpeó mis ojos y mi razón dejándome congelado y sin saber cómo reaccionar. Allí estaba Belinda. Y tal y como había supuesto se estaba ahogando, pero no en la forma que imaginaba, vomitando y asfixiándose con su propio vómito tumbada en el suelo por una caída o un corte de digestión o algún otro motivo parecido, sino que se estaba ahogando con sangre, y no la suya precisamente. Saqué mi arma.

Iván Moncada

Las persianas estaban abiertas escasos diez centímetros y la luz que entraba de la calle era tenue, muy tenue. Los muebles del salón habían sido retirados hasta el fondo de la estancia dejando la parte central despejada. En el suelo había un pentagrama como el que encontré en la casa de la señora Eulalia, pero esta vez mucho más grande. En el centro de éste había una silla en la que Belinda estaba sentada, ya sin vida. Tenía los brazos atados a la espalda, amarrados con cuerda al respaldo de la silla mientras sus manos estaban totalmente rojas desde las muñecas por la sangre que parecía haber salido de ellas. Su cabeza descansaba sobre su nuca, mirando hacia arriba con los ojos fijos en el techo mientras su boca se mantenía abierta y de ella chorretones de más sangre, mucha más sangre, descendían por su cuello pareciendo haber brotado de su boca bañando su ropa y el cuchillo que tenía clavado en el tórax, justo por encima del pecho izquierdo. En el suelo había cinco grandes bolsas de las que se usaban para transfusiones de sangre rajadas por la mitad, todavía tintadas con el rojo elemento en su interior; y a un metro y medio de distancia, en otra silla, justo enfrente de la que sostenía el cuerpo de Belinda, su sobrina Maricarmen la miraba con lágrimas de rabia en los ojos.

Aquella impresionante y elegante mujer parecía haber perdido algo más que los papeles. Sus manos también estaban manchadas de sangre, las cuales frotaba una contra la otra involuntariamente sin despegar la vista de su tía, a pesar de ser consciente de que yo estaba allí. A su delicado y caro vestido ajustado de color crema lo adornaban manchas y salpicaduras rojas. Había matado a su tía.

279

Iván Moncada

—¿Por qué? —le pregunté, sosteniendo mi arma contra ella, aunque no apuntando.

—¿Por qué? —respondió, apartando la mirada de su tía para mirarme a mí —. Ya le dije, inspector, que nuestra familia está llena de historias.

—Cuéntemela. Me gustaría poder comprender por qué ha hecho esto.

—Nuestra querida tía Belinda era una bruja, y ya sabe a qué me refiero con eso. Desde pequeños nos controlaba y nos dominaba a su antojo aprovechando la depresión en la que nuestra madre estaba sumida por la muerte de nuestro padre. Lo único que buscaba era hacernos daño a nosotros y a nuestra madre. Hasta que un día, mamá encontró unos dibujos que Belinda había hecho a Javier en la espalda. Decía que eran para protegerle, que solo era un juego, pero mi madre puso tierra de por medio echándola de casa y mandándonos a estudiar lejos, a internados donde estuviésemos a salvo. Aun así, Javier siempre tuvo devoción por la tía Belinda. No sé si era por algún hechizo que pudo haberle hecho cuando éramos pequeños o qué, pero siempre que veníamos a Madrid sentía la imperiosa necesidad de ir a verla.

El tiempo pasó y crecimos, y con mi hermano la obsesión por el ocultismo y la maldición que, según dicen, persigue a nuestra familia desde que nuestro bisabuelo contrajese matrimonio con una gallega cuya tía le maldijo el día de su boda. Mi hermano iba cada vez que podía a que le echasen las cartas, quería saber cuándo iba a morir y evitaba enamorarse y estar con mujeres para que la maldición no se cumpliese y le matase. Pero lo inevitable llegó hace algo más de un año, cuando conoció por casualidad a Virginia. Dicen que cuando el destino encuentra a la persona indicada para ti nada puedes hacer para impedirlo, pues el corazón te robará con tan solo una mirada. Y eso es exactamente lo que le pasó a mi hermano. Una sola mirada lo empeoró todo. Le dije a mi hermano que no se acercase a la tía Belinda, pero él insistía en que ella era la única persona que le podía ayudar. En parte fue culpa mía.

—¿Culpa suya? —interrumpí.

—Sí. Un día le dije que la tía Belinda era una bruja, una bruja real, pues le venía de sangre, mi madre me lo dijo cuando tuve edad para comprenderlo. Y cuando se enamoró de Virginia se dejó influir por ella usando el pretexto de que era la única persona que podía y tenía el poder necesario para ayudarle a burlar la maldición.

—¿Su madre sabía que su prima era una bruja?

—Pasó hace muchos años, fue mi abuela quien le contó a mi madre que un día, estando de veraneo en la mansión que la familia de su madre tenía en Galicia, se encontró sin querer a la hija de la meiga que les maldijese, llamada Amelia, en una de las habitaciones junto a un hombre compartiendo cama. El destino es caprichoso y a veces rencoroso, pues el amante de Amelia no era otro que el sobrino del hombre a quien su madre maldijo, llamado Mariano, quien estaba de servicio militar en la zona. Según mi abuela contaba se montó un gran revuelo en la casa, y no por la reciente muerte de su marido a manos de aquella maldición, sino porque los padres de Amelia se enteraron de que ésta se había quedado en cinta.

Mi abuela quiso alejarse de aquella familia tan tóxica y peligrosa y se vino a vivir a Madrid. Sin embargo, con el paso del tiempo, decidió visitar a la familia de su marido, quien era de origen aragonés, yendo a Zaragoza para conocer a los primos de su difunto amado. Fue allí donde le presentaron a la mujer de uno de los primos de su marido, un militar que murió siendo aún joven mientras prestaba servicio, decían. Ella se llamaba María, María Monje, la madre de nuestra tía Belinda. Pero nuestra abuela la reconoció de inmediato, era Amelia, la hija de la meiga, quien se escapó de casa estando embarazada, habiéndose casado en secreto con el muchacho que la dejó encinta y del cual no se supo nada más. Se había cambiado el nombre y desde entonces vivía al amparo de la familia de aquel muchacho.

Los lazos de mi abuela con aquella parte de la familia de su marido se estrecharon a pesar de conocer el secreto de aquella mujer, pues mi abuela pensaba que no era culpa suya que su madre fuese una bruja, y casi todos los años mi abuela iba a Zaragoza a veranear, en donde mi madre y mi tía comenzaron su relación de amistad aparte de la familiar — llevó la mirada hacia su tía por un instante.

Sus palabras me hicieron recordar el sueño que había estado teniendo desde que me cortase con aquel pedazo de espejo, seguía sin saber el porqué de tales sueños, pero sabía que las imágenes que habían estado atormentando mis sueños pertenecían a lo que Maricarmen Boada relataba sobre su familia. Era Amelia a quien había estado viendo en las estancias de aquella gran casa, al igual que a su amante, a quien le quitaron la vida en una de ellas. Con escalofríos en el cuerpo miraba a Belinda en aquel espantoso estado, quien sin duda era el bebé que veía en mis sueños sobre la mesa con el pentagrama y las velas.

—Pensaba que no creía en estas cosas —me dirigí a ella refiriéndome al comentario que hizo aquel día en el que me dijo que esas creencias eran de personas de mente débil.

—Y no creo, inspector. Pero mi madre si creía, y me hizo prometer que ayudaría a mi hermano.

—¿Por eso pidió ayuda a la vidente?, a Natalia.

—Mi madre sabía qué debía hacerse, pero no cómo debía hacerse. Por eso busqué y busqué hasta encontrar a alguien que supiese cómo se debía llevar a cabo el ritual para acabar con la maldición. Aquella mujer era poderosa a pesar de su edad. Me pidió que llevase a mi hermano, necesitaba verle, pero si así lo hubiese hecho, él se lo habría comentado a Belinda y ésta se lo hubiera impedido. Cualquier intento de romper la maldición no lograría nada más que aumentar su control sobre mi hermano. Por eso me limité a dejarle pistas, un par de folletos de su servicio de clarividencia en el correo que cada mañana recogía, y sabía que serían suficiente para que él mismo concertase una cita con ella.

283

Iván Moncada

—¿Y por qué su tía la mató? —le pregunté por el asesinato de la vidente.

Supongo que Belinda se dio cuenta de alguna manera. Dicen que las brujas pueden percibirse las unas a las otras, más aún cuando una de ellas intenta anular los hechizos de la otra. Debió seguir a mi hermano para averiguar quién era.

—¿Por qué fue Natalia a casa de su madre para borrar el pentagrama y romper el espejo del baño?, ¿y cómo lo supo?, no les enseñé las fotografías del símbolo el día que les interrogamos por primera vez, solo les mostré las fotografías de su madre.

—Fue la asistenta. La llamé por teléfono y me lo contó. La llevasteis para que revisara si faltaba algo en la casa y vio el pentagrama en el suelo. Después solo tuve que ir a ver a Natalia y describirle lo que me había contado. Usted hizo el resto. Cuando acudió a verla y le enseñó la fotografía. Fue entonces cuando le di la dirección y decidió ir para anular el hechizo que mucho tiempo atrás Belinda había hecho bajo la cama de mi madre. Aunque he de reconocer que no sabía nada del espejo, pero supongo que tenía que ver con algo que vio cuando le echó las cartas a usted, pues me dijo que su vida era muy importante para alguien y estaba en peligro.

—¿Esa es la sangre que extrajo de su madre cuando la mató? —moví la cabeza señalando a las bolsas del suelo —. ¿Por qué se la ha hecho tragar a su tía?

—Es lo que hay que hacer para acabar con la maldición —sonrió —. "La sangre de la bruja de sus venas se ha de vaciar, mientras la sangre del maldito le harás tragar" —recitó mientras se ponía de pie como si ella misma fuese quien hubiese creado aquel conjuro —. Como le dije no creo en estas cosas, inspector, pero sé seguir las instrucciones al pie de la letra, al igual que hago con una receta de cocina.

Y por cierto. Yo no maté a mi madre, inspector. Ella se sacrificó por nosotros. Estaba enferma y le quedaba muy poco tiempo de vida y sabía perfectamente que para romper la maldición necesitábamos su sangre. Fue mi abuela quien se lo dijo. Por lo que me contó mi madre con el tiempo mi abuela y Amelia llegaron a tenerse cierto afecto, y fue ella quien sin querer le comentó lo que se debería de hacer si alguien quisiese deshacer el mal tiempo atrás hecho.

—¿Por qué el celo en sus párpados?

—Así me lo pidió, la buena de mi madre. Quería evitar que se le cerrasen los ojos mientras se desmayaba, quería poder mirar a la muerte a los ojos cuando viniese a por ella.

—Durante todo este tiempo había pensado que eran tan solo un par de hijos desagradecidos a los que no les importaba su madre lo más mínimo. Ahora veo que simplemente no están en sus cabales. Dese la vuelta para que le pueda poner las esposas —le pedí.

Iván Moncada

—No se equivoque, inspector. La queríamos mucho, y ella a nosotros, pero prefería sufrir teniéndonos lejos y sin poder vernos a dejar que la influencia de Belinda nos arrastrase hacia su maldad y oscuro porvenir. Una madre haría cualquier cosa por sus hijos —terminó de decir mientras apretaba el brillante acero sobre sus delicadas y ensangrentadas manos.

Justo al decir aquello, las palabras de la anciana que compartía habitación con mi hija me vinieron a la cabeza, *"Un padre o una madre darían y harían cualquier cosa por sus hijos"*, al igual que la frase que mágicamente se apareció ante mí en el baño de la madre de Maricarmen *"Fruto de amor u odio nacen sin ellos saber, más cuando crecen tu corazón roban en un santiamén. Es la sangre por la que se vive o se muere, estate seguro de quién la tuya merece"*

En aquel momento volví al presente, a ese presente en el que estaba de pie frente al nicho en donde el cuerpo de mi hija descansaría eternamente y en donde las letras de su nombre sobre el parduzco mármol seguían antojándose borrosas y poco claras ante mis ojos. Entonces me acordé de las visiones que había tenido en casa de Belinda y en el ático de Ayala y me llevé la mano al pecho. Allí estaba, tras mi corbata nueva y mi blanca camisa. Pasé el dedo índice por el cuello y tiré del cordel que lo rodeaba. Era el amuleto que la madre e hija de la tienda esotérica me habían colgado. Entonces tiré con fuerza rompiendo el cordel.

Ahora lo veía todo con claridad. Aquella tremenda angustia que durante toda la mañana me había estado asfixiando, había desaparecido de golpe y las letras de la pequeña lápida vertical volvían a ser legibles para mí. Un suspiro de alivio salió de lo más profundo de mi ser cuando las leí.

"Aquí yace Julio Velázquez Camino 1971 – 2015

Amado esposo y amado padre"

Por eso me sentía tan angustiado. No era por las desavenencias y broncas con mi mujer, ni tan siquiera por fumar como un carretero con el estómago vacío, o porque no supiese dónde estaba mi hija, sino porque era mi funeral. Me sentía tremendamente aliviado. Ahora me acordaba de todo. Absolutamente de todo.

Después de detener a Maricarmen, llamé a Ulises para informar de que había encontrado a la mayor de los Boada. Le pedí que se personase con los compañeros en el piso de Belinda García y que avisase a la científica y al juez para el levantamiento del cadáver. Me costaba entender cómo podría alguien hacer beber a otra persona la sangre de su propia madre, pero a aquellas alturas, y después de todo lo que había visto y me había pasado, nada podría ya espantarme. Dejé a mi gente al cargo de las pesquisas finales y me dirigí al coche. Tenía una tarea inconclusa, así que saqué el GPS y me puse en marcha.

Como un mensajero que sigue las indicaciones de su navegador para alcanzar su destino y entregar el paquete que le han asignado, llegué hasta la parte este de las afueras de Ciempozuelos, atravesando el túnel que pasaba por debajo de las vías del tren. Una vez allí divisé un pequeño polígono industrial que parecía desierto por culpa de la crisis, como muchos otros lo estaban. Pero en la puerta de entrada de una de las naves había dos coches aparcados. Un Passat VR6, y un BMW 325, ambos con motores de gran potencia.

Sin pensarlo dos veces cogí una piedra de buen tamaño y me resguardé detrás de un contenedor de basura, justo enfrente de la puerta de aquella nave y de aquellos dos coches. Con un lanzamiento certero la piedra reventó la ventanilla del lado del conductor del Passat y la alarma del coche comenzó a sonar pidiendo auxilio. Enseguida los dueños de los vehículos salieron por la pequeña puerta enmarcada dentro de la más grande que ocupaba casi toda la fachada de la nave. Estaban desconcertados, seguramente por allí no pasaba nadie nunca. Por un lado y por el otro revisaban los vehículos mirando enfurecidos en busca del autor de la pedrada. No parecía que hubiera nadie más dentro de aquella gran construcción industrial, así que salí de mi escondite.

—¿Me buscabais? —saqué mi arma de la parte trasera de mi cintura.

—¡Es él! —gritó uno, mientras al unísono intentaron sacar sus armas.

Dos disparos a cada uno en el pecho me bastaron para tumbarles mientras me dirigía hacia el interior de la nave. Podría decir que la locura se había apoderado de mí. Estaba decidido a acabar con todo aquello, quería y necesitaba saber que mi mujer e hija estarían seguras el resto de sus vidas teniendo la certeza de que ninguno de aquellos bastardos o el mismo Diablo irían a por ellas. Por lo que en mis planes no estaba el detener o perdonar la vida a nadie.

Una vez dentro pude comprobar que aquellos dos hombres estaban solos. Todo parecía de lo más normal. En principio, parecía un gran almacén de fruta en el que las cajas de naranjas se apilaban unas encima de otras. Pero, accediendo al fondo de la instalación, encontré el verdadero propósito del interés del Diablo en la fruta. Parecía que las cajas eran ensambladas allí mismo, sobre una gran mesa. Estaban hechas de finas láminas de madera y en su interior colocaban unos moldes de plástico donde ponían las naranjas, pero ahí estaba el truco, pues unos pequeños soportes cuadrados de madera, posicionados uno en cada esquina, elevaban aquellos moldes permitiendo que, en su parte inferior, se introdujesen cuatro bolsas de las pastillas que vi en el laboratorio de Colmenar Viejo. Supongo que la falta de actividad era debido a la escasez de nuevos envíos de pastillas de éxtasis, al haber hecho volar el lugar donde las cocinaban. Motivo también por el que me atacaron tan directamente aquella mañana.

Tras prender fuego a un montón de cajas vacías que había apiladas en un lado abandoné el lugar dejando que las llamas hiciesen su trabajo. Jaime Cruz tampoco estaba allí, pero sabía perfectamente cómo hacerle salir.

Unas pocas horas más tarde me dirigí hacia el norte, hacia San Agustín de Guadalix. No tuve que esperar mucho hasta que

Alfonso Cruz y el resto de la compaña habitual de éste aparecie-
sen para poner en marcha aquel lugar de sueños rotos para las
mujeres a las que explotaban dentro. Esperé durante unos largos
diez minutos hasta que todos ellos terminasen de entrar y salir
adoptando sus posiciones naturales dentro de aquel negocio.
Quería actuar lo más rápido posible, quería evitar que ningún
cliente se viese envuelto, así que arranqué mi coche y me dirigí
al parking que tenían en la entrada.

—¿Qué pasa, chicos? —dije sonriendo a los dos porteros,
los mismos que vi la vez anterior.

—No, no, está cerrado todavía. Volver en media hora
—dijo uno de los dos sacos de músculo de la Europa del este
mientras movía la mano de un lado al otro negándome el paso
según me acercaba.

Borré la sonrisa de la cara cuando saqué mi Glock con silenciador de la espalda y, sin decir una palabra más, disparé
sobre ellos. Sin embargo la reputación de aquel tipo de hombres
estaba justificada, ya que tuve que descargar casi por completo
el cargador sobre sus desarrollados cuerpos, pues parecían no
caer abatidos nunca, e incluso uno de ellos logró abrir un pequeño armarito que tenían en la entrada de dónde sacó una
recortada sin que pudiese llegar a usarla, ya que le volé la cabeza
antes de que llegase a hacerlo.

Tenía un cargador de repuesto, pero no sabía si habría
más hombres dentro de los que había contado desde que llegase,
por lo que me agaché y recogí la recortada. Directamente abrí las

Iván Moncada

puertas y me introduje en el local. Ya había algunas chicas en la sala y el camarero parecía estar llenando las neveras con más refrescos con los que servir las copas. Las primeras en darse cuenta de mis posibles intenciones fueron ellas, quienes comenzaron a chillar mientras se dirigían a la parte trasera de la sala. En tan solo un segundo el camarero salió de mi campo visual y me acerqué a toda prisa hacia la barra, apoyándome con la mano izquierda sobre ella para elevarme mientras pasaba la escopeta por encima. Allí estaba, agachado e intentando sacar otra recortada que había escondida a los pies del mostrador.

Un terrible estruendo resonó en la sala, anulando por completo la música cuando le disparé a bocajarro estando todavía en el suelo sin darle tiempo tan siquiera a levantarse. Pude ver cómo parte de la mandíbula y la oreja de aquel individuo desaparecían de su anatomía. Luego arrastré la empuñadura de debajo del cañón para recargar y apunté hacia la zona que daba hacia las escaleras que subían a las habitaciones, la cual quedaba oculta tras unas gruesas cortinas rojas de terciopelo. El disparo que efectué había alertado al resto, y al momento, otro hombre apareció de detrás de las cortinas abriendo fuego hacia donde creía que estaban los asaltantes, pues seguro que pensarían que era eso, un atraco. Aquel tío llevaba algo con lo que no contaba, tenía una Uzi, e hizo un barrido arrasando todo a su paso, forzándome a tirarme al suelo, desde donde estando tumbado boca arriba le apunté y le alcancé en pleno pecho haciéndole volar casi un par de metros hacia atrás llevándose consigo las cortinas y despejándome la visión para poder avanzar sin encontrarme ninguna sorpresa desagradable.

Iván Moncada

Nichos de Paz

Con precaución, me dirigí hacia el interior entre los gritos desesperados y aturdidores de las aterradas meretrices, mientras la punta del cañón de la escopeta que sujetaba con mis manos se abría paso ante mí como un ariete esperando encontrar algo que destrozar a su paso. Pronto más disparos intentaban encontrarse con mi frágil carne errando en su cometido. Aquellas veloces avispas de plomo provenían de la puerta en donde debía estar la oficina de Alfonso Cruz.

—¡¿Cuántos son?! ¡¿Cuántos son?! —preguntaba uno.

—¡No lo sé! ¡No lo sé! ¡Llama al Diablo! ¡Llama al Diablo! —gritaba otro disparando a ciegas desde la puerta.

Si mis cuentas no fallaban solo quedaban ellos dos, pero no sabía cuanta munición tenían y durante cuánto tiempo podrían estar fortificados allí dentro en espera de ayuda externa.

Fue entonces cuando saque mi pistola y lancé la escopeta hacia el interior de la habitación en donde estaban.

—¡Me rindo! ¡Me rindo! —grité mientras la recortada caía dentro de la habitación donde ellos pudiesen verla.

Aquel estúpido sacó la cabeza para asegurarse de que ya no estaba armado y se la volé de un solo disparo. Cayó como un saco de patatas mientras gemidos y llantos de desesperación salían del interior de aquella estancia diciendo:

—¡No me matéis, por favor! ¡Llevaos la pasta! ¡Llevaos la pasta!

Iván Moncada

Con sumo cuidado por si abrían fuego contra mí, me acerqué hasta el cerco de la puerta y miré dentro. Allí estaba el querido primo del Diablo, Alfonso Cruz, sentado en el suelo con una pistola entre las piernas la cual empujaba hacia mí con los pies mientras lloraba pidiendo clemencia. A su lado había una mujer gitana que no parecía ser una prostituta. Estaba acurrucada en una esquina esperando lo peor.

Cuando pudo verme de cuerpo entero me reconoció.

—Eres tú —sollozaba—. Eres el poli al que Jaime disparó en las Barranquillas. Cuando se entere de esto va a matarte a ti y a toda tu puta familia —elevaba el tono de voz desafiante pero manteniendo las manos cerca de la cara a modo de protección, como si pudiese parar las balas con la mano y fuesen simples guantazos de los que poder protegerse con ellas.

—Es por eso que estoy aquí —respondí—. Para evitar que vaya a por mi familia. Y la única forma es acabar con la suya primero —le apunté a la cabeza, consciente de la mujer que estaba con nosotros en aquella habitación maloliente.

—¡No, tío, no! —pronunció antes de que sus sesos se esparciesen por la pared y el suelo, salpicando parte de la cara de la hiperventilada mujer.

Después me acerqué a ella.

—Dile a Jaime Cruz que venga a verme. Esta noche morirá él o moriré yo —le dije poniéndome en cuclillas frente a ella,

293

añadiendo mientras me ponía de pie —. Ahora tengo que visitar a mi hija en el Doce de Octubre, dile que no tarde.

Sin más, salí de aquel antro de perversión y decadencia para ir a reunirme con mi familia.

Recuerdo claramente que una hora más tarde llegaba al hospital y subía a la planta donde estaba la habitación de Laura. Irene estaba durmiendo en el sillón junto a mi hija, a quien me acerqué para besar en la frente. Luego me acerqué a Irene, quien se había despertado y me miraba con tristeza en los ojos y con el alma sin fuerzas. Me puse de rodillas y la abracé besándola. Por un momento se extrañó, y lo hizo aún más cuando la di un sobre y la dije:

—Quiero que sepas que te quiero con locura, igual que a nuestra hija. Esta noche he de hacer algo y quiero que guardes esto. Ábrelo solo si me pasa algo, ¿de acuerdo?

—Joder, Julio. No me asustes, ¿qué pasa?

—¿Confías en mí? —le pregunté mirando dentro de sus preciosos ojos verdes.

Durante un par de segundos permaneció en silencio antes de responderme —sí, confío en ti —pasó su mano por mi cara intentando imaginar qué pasaba por mi cabeza.

Irene me conocía demasiado bien y sabía que algo planeaba, lo que no sabía o podía imaginar era el qué. Fue entonces cuando la volví a besar y le dije que no se separase de Laura.

Iván Moncada

Luego me puse en pie y salí de la habitación, justo a tiempo para oír unas palabras acercándose a mí por la espalda.

—¡Vas a pagármelas todas juntas, cabrón!

Me giré y allí estaba, Jaime Cruz, apuntándome con una pistola al pecho a escasos cuatro metros de distancia. Recuerdo que abrí los brazos hacia los lados desafiándole, y su respuesta no se hizo esperar. Dos disparos irrumpieron en el silencio de los pasillos del hospital impactando contra mi pecho, haciéndome caer roto de dolor al suelo.

Recuerdo que no podía respirar, al igual que recuerdo los gritos de Irene al verme tendido en el suelo desde el interior de la habitación. Todo es tan claro ahora. Recuerdo cuando escribí la carta que le entregué a Irene, diciéndole cuánto las quería a las dos y el motivo por el que había hecho aquello. Al igual que recuerdo que nada más salir de aquel tugurio cogí mi móvil y busque en la lista de llamadas el teléfono de Alberto Domínguez, el inspector de la GRECO. Pero no podía permitir que Jaime Cruz me dejase así, así que, como pude, llevé mi mano izquierda a la parte baja de mi camiseta para levantarla y mostrarle a aquel desgraciado que llevaba chaleco. Me costó horrores dibujar una sonrisa en la cara con la que incendiar la ira de aquel hijo de puta, pero finalmente lo logré.

Jaime Cruz creyó haber ganado cuando, de nuevo, alzó su brazo para apuntarme y dispararme, esta vez en la cabeza. Pero dejar que me matase era la única forma de conseguir mi propósito. Recuerdo que no morí instantáneamente. Tras el disparo dejé de sentir el cuerpo y perdí la vista, pero mi oído funcionó lo suficiente como para que pudiese irme de este mundo contento. Desde la distancia oí gritar a varias personas mientras se acercaban diciendo — ¡Alto! ¡Policía! — pudiendo reconocer de entre ellas una voz en concreto, la del inspector Alberto Domínguez de la GRECO. Después, varios disparos se oyeron. Los disparos que abatieron y quitaron la vida a ese malnacido en mi lugar. El llanto de mi mujer es lo último que recuerdo, junto con el sonido del papel del sobre mientras lo rasgaba y abría para sacar la carta que había en su interior. Recuerdo bien cuando escribí aquella carta expresando todo lo que sentía por ellas, al igual que recuerdo cuando le di cincuenta pavos a aquel enfermero que fue a extraer sangre a mi hija para que le sacase un bote más de sangre y me lo diese, también como recuerdo cuando con esa sangre y la mía logré que me hiciesen una prueba de compatibilidad para trasplantes. Gracias a Dios era positivo.

Sabía lo que tenía que hacer. Sabía que mi único propósito en la vida era permitir que mi hija viviese lo que yo no fui capaz por mi tozudez y obsesión. Pero también sabía que sería incapaz de arrancarme yo mismo la vida, por lo que urdí aquel plan para que fuese Jaime Cruz el encargado de hacerlo por mí y así asegurarme de que pasaría el resto de su vida en la cárcel si es que los compañeros no le mataban por haber asesinado a un inspector de policía delante de su familia.

Iván Moncada

Todo estaba hecho y me sentía feliz. Sabía por qué Laura no había venido al entierro. Abriendo los botones de mi camisa veo los puntos que recorren mi torso desde la garganta a la pelvis. Sé que mi corazón ya no está ahí, pero lo siento latir con más fuerza que nunca estando ahora bajo el pecho de mi hija.

Inspiro profundamente y me giro. Los últimos coches de la gente que había venido a verme se iban, al igual que el de mi primo Francisco, quien llevaba a mi desconsolada mujer.

—Espero que puedas llegar a perdonarme, cariño. No podía dejarla morir —susurré al viento mientras comenzaba a andar hacia ese banco que durante todo el día había soportado mi ofuscación intentando recordar.

Agradecido por recordar todo lo que había pasado y saber que mi mujer e hijas estaban a salvo, me senté y eché mano a otro cigarrillo. La ligera brisa que desde esta mañana nos había acompañado mecía nuevamente la copa de los árboles y acariciaba mi rostro mientras aquella agradable sensación volvía a mí.

¿Lo habéis notado? Ese silencio. Esa tranquilidad. El estar en medio de una gran ciudad como es Madrid y no oír nada. Ese es el efecto que en mí surten los cementerios. En sí, no me gustan. ¿A quién le pueden gustar los cementerios? Pero por desgracia, las pocas veces que he tenido que venir a uno, especialmente a éste de Carabanchel, he tenido esa sensación. De no ser por lo que es, sería un sitio ideal para vivir.

FIN

Iván Moncada

Nichos de Paz

Novela de ficción, cualquier parecido con la realidad es mera casualidad producto de la imaginación del autor.

Iván Moncada

www.ingramcontent.com/pod-product-compliance
Lightning Source LLC
Chambersburg PA
CBHW030957260626
47169CB00002B/572